Herzsprung
Verlag

Impressum:

Alle weiteren Personen und Handlungen des Buches sind frei erfunden.
Ähnlichkeiten mit lebenden oder verstorbenen Personen sind
zufällig und nicht beabsichtigt.

Besuchen Sie uns im Internet:
www.herzsprung-verlag.eu

© 2015 – Herzsprung-Verlag
Mühlstr. 10, 88085 Langenargen

Alle Rechte vorbehalten.
Erstauflage 2015

Das Werk einschließlich aller seiner Teile ist urheberrechtlich geschützt.

Herstellung: CAT creativ - www.cat-creativ.at

Titelbild: Katharina Bouillon
Gedruckt in der EU

ISBN: 978-3-99051-009-4 – Taschenbuch
ISBN: 978-3-99051-010-0 – eBook

**Thorsten E. Meier (Hrsg.)**

# Das Rad der Zeit

## ... es dreht sich weiter

Herzsprung-Verlag

# Leben im Sterben

Dein verkrüppelter Schritt
knöchert umher
im Zimmer seit Jahren.

Schmerz in den
aufgetriebenen Gelenken,
kein Aufbäumen mehr
ertragbar durch Pillen.

Dein Geist ist wach
tanzt und freut sich
über jeden neuen Tag.

Deine Worte
im Ritardando
sind klar, die Augen
blitzen und leuchten.

Dein Gesicht strahlt Wärme aus,
Demut aus jeder
einzelnen Falte,

Weisheit eines langen Lebens
im Sterben.

*Dr. med. Wolfgang Georg Herbolzheimer* lebt in Johannesberg.

# Keine Worte

An dem Tag, als mein Vater starb, bekam ich meine ersten Schlittschuhe. Ich war zehn und nachdem ich meinen Eltern wochenlang in den Ohren gelegen hatte, war meine Mutter zu guter Letzt entnervt mit mir in die nächste Stadt gefahren, um mir meinen Herzenswunsch zu erfüllen.

Nachmittags kamen wir zurück und voller Stolz über meine neue Errungenschaft stürmte ich ins Haus, um sie meinem Vater zu zeigen. Ich fand ihn im Wohnzimmer. Regungslos lag er auf der Couch, sein rechter Arm hing schlaff herunter. Mir war augenblicklich klar, dass er nicht schlief. Ich stand wie zu Eis erstarrt, die Schlittschuhe in der noch freudig ausgestreckten Hand. Sie pendelten über seinem Kopf hin und her.

An das, was danach geschah, erinnere ich mich nur dunkel. Ich hörte die Schreie meiner Mutter, sah Nachbarn verstört herbeilaufen, sah Notarzt und Sanitäter kommen, sah, wie sie den leblosen Körper meines Vaters hinaustrugen.

Dann folgte die große Sprachlosigkeit, die meine Mutter nie mehr verlassen sollte. Damals, als zehnjähriges Mädchen, hat mich das völlig verstört. Warum redete Mama nicht mit mir über Papa? Einmal versuchte ich schüchtern, das Gespräch auf ihn zu bringen. Mit einer abweisenden Geste drehte sie sich weg. Auch meine Großeltern verloren kein Wort über ihn. Sie pressten die Lippen zusammen, schwiegen einen Augenblick und sprachen dann über das Wetter und die Sonderangebote im Supermarkt. Es war, als hätte es meinen Vater nie gegeben.

Es war schrecklich.

Erst viele Jahre später erfuhr ich von einer ehemaligen Nachbarin, dass mein Vater mit einer Überdosis Tabletten Selbstmord begangen hatte. Kurz zuvor hatte er einen Autounfall verursacht, bei dem ein Mann ums Leben gekommen war. Damit wurde er nicht fertig. Er kam nicht darüber hinweg, einen Menschen getötet zu haben.

Meine ganze Familie war erzkatholisch und Selbstmord galt als große Sünde. Sie schämten sich für meinen Vater, schämten sich dafür, dass er sich umgebracht hatte. Was würden die Leute im Dorf nur von uns halten? So dachte man damals tatsächlich noch, insbesondere in so einer abgelegenen, ländlichen Gegend wie der unseren.

Seit der Scheidung im vergangenen Jahr lebe ich mit den Kindern wieder in meinem Elternhaus. Morgen habe ich Geburtstag, es ist mein fünfundvierzigster. Dann werde ich älter sein, als mein Vater je geworden ist.

Meine Mutter lebt in einem Pflegeheim, sie wurde schon sehr früh dement. Selbst wenn sie wollte, könnte sie heute nichts mehr über meinen Vater erzählen. Sie weiß nicht einmal mehr, dass es ihn gegeben hat.

Mit meinen Kindern rede ich viel über ihre Großeltern. Ich spüre, wie wichtig das für sie ist. Sie fragen immer wieder nach und wollen mehr und noch mehr wissen. „Wer seine Wurzeln nicht kennt, hat keinen Halt", sagt ein Sprichwort.

Die Schlittschuhe besitze ich noch immer. Ich bin nie damit gefahren.

*Rita Falkenstein* wurde 1964 im südhessischen Lampertheim geboren und lebt heute mit ihrer Familie in der Nähe von Wiesbaden. Seit Beginn dieses Jahrtausends schreibt sie Kurzgeschichten für Kinder und Erwachsene, die bereits in verschiedenen Anthologien veröffentlicht wurden.

# Ich will leben

Ich möchte leben
– genauso wie du.
Ich möchte frei sein
– genauso wie du.
Ich möchte die Sonne sehen
– genauso wie du.
Ich möchte im Mondlicht baden
– genauso wie du.

Ich möchte das Gras unter meinen Füßen spüren
– genauso wie du.
Ich möchte die Vögel singen hören
– genauso wie du.
Ich möchte mit meinen Kindern zusammen sein
– genauso wie du.
Ich bin ein empfindsames gefühlvolles Wesen,
das genauso gerne mit seiner Familie zusammen ist wie du.
Ich möchte spielen
– genauso wie du.
Ich möchte in sauberer Umgebung sein
– genauso wie du.

Stattdessen lebe ich unter Schmerzen in Einzelhaft,
ohne mich auch nur bewegen zu können.
Mein Gefängnis ist schmutzig und eng
– aber ich habe keine Wahl.
Mein Leben ist kurz und mein Sterben ist grausam.

Warum schickst du mich in den Tod, durch die Hölle?
Mach dich frei von Werbestrategien,
die den Missbrauch von Leben fördern.

Mach dich frei vom Narkoseschlaf der Massen.
Mach dich frei von der Hypnosetrance der Eingelullten.
Mach dich frei.
Nur wer frei ist, kann andere frei sein lassen.
Ich bin ein sensibles Lebewesen und
kein Schnitzel aus der Supermarkttheke.

**Cornelia Asal** *lebt in Lindau am Bodensee. Seit 2009 hat sie sich intensiv der Malerei zugewandt und stellt seit 2011 regelmäßig aus. Seit 2012 ist sie Mitglied bei Gam Y, einer internationalen, ideellen Vereinigung.*

# Gratwanderung

Zum letzten Mal
spüre ich deinen
warmen Händedruck,
bevor das Leben sich
aus dir zurückzieht.
Zum ersten Mal
spüre ich deine
eiskalten Hände,
in der Umklammerung
des Todes.
Und mir wird bewusster
als je zuvor,
wie schmal der Grat
zwischen Leben und Tod
ist, auf dem wir uns
tagtäglich bewegen.

*Ingrid Baumgart-Fütterer*

# Der Feind in meinem Kopf

Ob ich Feinde habe? Noch vor einem Jahr hätte ich diese Frage klar verneint. Na ja, da gibt es einen Ex-Mann, der nicht sonderlich gut auf mich zu sprechen ist. Ich war als Kollegin nicht sehr beliebt, weil ich Karriere machen wollte und wenig Rücksicht auf meine Mitmenschen nahm, aber Feinde? Nein, nicht wirklich, das hätte ich gesagt, bis Ende Juni 2006.

Da habe ich meinen ganz persönlichen Feind kennengelernt und bin im wahrsten Sinne des Wortes an meine Grenzen gestoßen. Er hat sich noch nicht wirklich gezeigt, gab sich nicht richtig zu erkennen, aber seit diesem Tag ist er da – in meinem Kopf – und damit ein Teil von mir und meinem Leben. Mein Arzt schickte mich wegen unklarer Schwindelanfälle zum MRT. Angst? Eigentlich nicht. Was sollte man dort schon finden? Die Untersuchung dauerte nicht lange. Dann folgte die Besprechung. Vier Ärzte empfingen mich. Mein Herz klopfte bis zum Hals. Das konnte einfach nichts Gutes bedeuten. „Wir vermuten einen Stammhirntumor, ein sogenanntes Gliom. Der Herd ist noch ziemlich klein, aber das muss auf jeden Fall unter Kontrolle gehalten werden." Und plötzlich war sie da, die Grenze, unsichtbar und doch real. Eine Grenze, die mich davon abhalten würde, zu realisieren, was ich mir für die Zukunft noch vorgenommen hatte. Eine Grenze, die ich nicht überschreiten konnte. Wirklich nicht?

Ich hatte das in dem Moment noch gar nicht richtig begriffen. Sie drückten mir die Aufnahmen in die Hand und wie in Trance ging ich zu meinem Auto. „Ein Gehirntumor? Ich?" Das konnte doch einfach nicht wahr sein. Und dann begann sie, die aufkeimende Angst. Nicht vor dem Sterben an sich, nein, aber davor krank zu sein und vielleicht hilflos. Da erkannte ich ihn ganz genau, den Feind in meinem Kopf, der von nun an versuchen würde, mein Leben zu vergiften und mir meine Grenzen jeden Tag aufs Neue vor Augen zu führen. Ich fühlte nichts in diesem Moment. Ich hatte

einfach nur erkannt, dass Zeit für mich nicht mehr unendlich war.
Und dass ich mir Gedanken machen musste, was ich mit der Zeit,
die mir noch blieb, anfangen wollte. Und während ich nach Hause
fuhr, wurde mir eines klar:

Ich würde ihn nicht gewinnen lassen, nicht einfach so, nicht
kampflos. Was auch immer in der nächsten Zeit geschehen würde, ich wollte ihm ein ebenbürtiger Gegner sein. Wie fühlt man
sich, wenn man so eine Diagnose erhält? Es fühlt sich an, als würde
einem der Boden unter den Füßen weggezogen. Man ist zornig,
traurig und was man in diesem Moment ganz bestimmt nicht hören
will, ist, dass das alles nicht so schlimm ist.

Auch ich war zornig – auf mich, auf meine Familie, auf das Leben
an sich, weil es mir so etwas antat und natürlich auf ihn, der sich da
in meinem Kopf eingenistet hatte und mir Einschränkungen auferlegte, die ich nicht akzeptieren wollte. Wie eine tickende Zeit-
bombe habe ich ihn empfunden, aber eine Bombe, die hinter einer
Grenze lag, die ich nicht überwinden konnte. Jeder kleine Schwin-
del, jeder Schmerz im Kopf erinnerte mich daran, dass da etwas in
mir wuchs, was ich nicht haben wollte. Irgendwann verebbte der
Zorn und wich der Verzweiflung. Ich versuchte, sie zu verdrängen.
Aber die Medikamente, die ständig wiederkehrenden Arztbesuche,
das alles verhinderte ein Vergessen.

Also erinnerte ich mich daran, dass ich mir gesagt hatte, ich würde nicht kampflos aufgeben. Ich hatte zu diesem Zeitpunkt keine
Vorstellung davon, wie mein Kampf aussehen könnte und wohin er
mich führen würde. Aber ich wusste, ich muss ihn annehmen. Ein
Gliom also. Ich wälzte Fachliteratur, kämpfte mich durch medizi-
nische Seiten im Internet und eine Information war furchterregen-
der als die nächste. Bösartig, inoperabel – diese Worte sprangen mir
entgegen und waren das Einzige, was ich wirklich begriff. Und nun?
Ich versuchte immer wieder, mir vorzustellen, was da in meinem
Kopf passierte.

Eines Nachts wachte ich schweißgebadet auf. Ich hatte geträumt.
Ich hatte IHN gesehen. Eine bösartige kleine Fratze, die sich hä-
misch grinsend langsam vergrößerte und sich mit scheinbar unstill-
barem Appetit durch meinen Kopf fraß. Ich stand auf, ging durch
das dunkle Haus und dachte nach. Plötzlich hatte dieses Ding ein
Gesicht bekommen. Ein Gesicht, das ich zwar nur geträumt hatte,

aber ganz deutlich vor mir sah. Und zornig dachte ich: „Du Gnom, ich werde nicht einfach aufgeben. Ich werde es dir so schwer wie möglich machen. Du wirst mir nicht vorschreiben, wo die Grenzen in meinem Leben liegen. Ich bin bereit!"

Fast meinte ich, sein hämisches Lachen zu hören. Ich glaubte zu hören, wie er mir entgegnete: „Versuche es immerhin, aber ich werde gewinnen."

Ich schüttelte den Kopf.

„Das werden wir noch sehen!"

Hatte ich das laut gesagt? Egal. Ich war wieder da, wo ich zu Anfang schon einmal gewesen war. Bei meinem Entschluss, meinem Feind keinen Raum in meinem Leben zu lassen und Einschränkungen und Grenzen nicht zu akzeptieren. Er war ein ernst zu nehmender Gegner, sicherlich. Aber einen Feind, den man kennt, kann man auch bekämpfen. Und nun war ich wirklich bereit, diesen Kampf aufzunehmen.

In dieser Nacht fing ich an, Zwiegespräche mit ihm zu führen. In meinen Gedanken nannte ich ihn nur *den Gnom*. Ich hatte gedacht, er würde mein Leben vergiften, aber dann fand ich heraus, dass er auch sehr nützlich für mich war. Und ich hatte deutlich das Gefühl, dass ihm das gar nicht gefiel.

Ich begann, Schritt für Schritt, mein Leben zu ändern. Solange man glaubt, alle Zeit der Welt zu haben, die Dinge zu tun, die einem wichtig sind, verschiebt man sie ganz gern. Damit war jetzt Schluss.

Bei allem, was ich anfing, fragte ich mich zunächst, ob es mir gut tun würde. War das nicht der Fall, ließ ich es einfach bleiben. Dadurch wurde ich viel ruhiger und ausgeglichener, eine Veränderung, die auch meine Umwelt mit Erstaunen und Freude zur Kenntnis nahm.

Nur mein kleiner Gnom schien sich nicht zu freuen. Immer, wenn ich eine unangenehme Aufgabe an jemand anderen abgab, hatte ich das Gefühl, dass er zornig wurde. Manchmal schmerzte dann mein Kopf, so, als wolle er mich daran erinnern, dass er noch da war, und dass er am Ende gewinnen wird.

Aber diese Momente wurden kürzer und seltener. Er mochte es gar nicht, von mir ignoriert zu werden. Schließlich saß er doch in meinem Gehirn, dem Zentrum allen menschlichen Denkens und

Seins. Und er wollte es zerstören. Ich weiß, ich könnte damit leben, nicht mehr gehen oder sehen zu können, aber nicht mehr denken? Nicht mehr in der Lage sein, eigenverantwortliche Entscheidungen zu treffen? Das durfte nicht geschehen.

Ich versuchte, einen Kompromiss mit ihm zu schließen.

„Du könntest dich doch einfach darauf beschränken, dort zu sein, wo du bist und mich ständig daran zu erinnern, welchen Schaden du anrichten kannst."

Er grinste. „Aber genau das ist es ja, was ich will. Schaden anrichten, das ist meine Bestimmung. Ich kann doch nicht einfach hier herumsitzen und zusehen, wie du dein Leben weiterlebst."

„Und warum nicht? Reicht es denn nicht, dass du mein Leben jederzeit zerstören könntest? Dass du mir aufgezeigt hast, wo meine Grenzen sind. Musst du wirklich die Zerstörung vollenden? Musst du das wirklich tun?"

„Das verstehst du nicht. Ich bin dazu da, etwas zu zerstören. Wenn ich das nicht kann, dann könnte ich auch nicht da bleiben, wo ich jetzt bin."

Ich stellte mir vor, wie er sich aus meinem Kopf löste, herauskam und mir gegenübersaß. Ein kleiner, hässlicher Gnom, dessen Bestimmung es war, mein Leben zu beenden. Ich lächelte ihn an. Ich wusste, das mochte er gar nicht. Sein Gesicht wurde zornig.

„Wieso lächelst du? Hast du immer noch nicht begriffen, dass du dich nicht wehren kannst?"

Ich schüttelte den Kopf. „Das stimmt nicht. Ich kann mit dir reden, ich kann dich sehen, so, wie ich dich sehen will. Du bist nichts weiter als ein bösartiges kleines Geschöpf. Du willst zerstören, was dir nicht gehört. Und ich will und werde das nicht zulassen."

Er lachte höhnisch. „Du hast gar keine andere Wahl. Am Ende gewinne ich immer."

Fast jedes unserer Zwiegespräche endete mit einem Satz, der so oder so ähnlich klang.

Manchmal, wenn es mir nicht gut ging, fragte ich mich, ob er recht hatte damit. Würde er wirklich am Ende gewinnen? War alles sinnlos, was ich tat? Konnte ich diesen Feind tatsächlich nicht bezwingen, die Grenzen, die er mir setzte, nicht durchbrechen?

Aber dann sah ich mich um. Ich sah die blühenden Blumen in meinem Garten, ich sah den Mann an meiner Seite, der mich liebt, ich sah meine Kinder, meine Enkelkinder und viele gute Freunde. Ich war ein glücklicher Mensch, denn ich wurde geliebt. Und das alles sollte nicht in der Lage sein, diese hässliche kleine Erscheinung in meinem Kopf in seine Schranken zu weisen? Vielleicht wird er am Ende wirklich gewinnen. Im Grunde weiß ich, dass ich gar nichts dagegen tun könnte.

Aber eines schafft er nicht: Er wird mein Leben nicht vergiften. Er wird mich nicht dazu bringen, all diese schönen Dinge um mich herum nicht mehr wahrzunehmen und mich in die Angst vor Krankheit und Tod hinter der Mauer zu verkriechen, die er sich als Grenze für mich ausgedacht hat.

Wenn es denn so sein soll, dass mein Leben in dieser Welt kürzer ist, als ich es mir erhofft habe, nun gut. Wenn es denn so sein soll, dass ein zorniger kleiner Gnom in meinem Kopf dafür sorgt, dass ich keine endlos lange Zeit mehr vor mir habe, auch gut. Aber eines weiß ich genau: Den größten Triumph, den er sich erhofft, wird er nicht haben.

Ich werde mich nicht verkriechen, ich werde nicht vor Angst zittern, wenn er sich rührt, wächst und mehr Raum einnimmt. Ich werde nicht die Freude an meinem Leben verlieren und ich werde nicht aufgeben.

Er ist nun einmal ein Teil von mir. Ein Teil, mit dem ich leben muss, ob ich es will oder nicht. Und was er noch nicht weiß, ist, dass ich alles, was zu mir und meinem Leben gehört, liebe. Und da, wo menschliche Kraft am Ende den Kampf aufgeben muss, kann die Liebe vielleicht doch noch ein Wunder vollbringen.

Ob ich Feinde habe? Ja, ich habe einem Feind in meinem Kopf. Niemand außer mir kennt sein Gesicht, niemand außer mir hört seine Stimme. Er ist immer da, mir immer gegenwärtig und zwingt mich tagaus, tagein in einen Kampf, der mich viel Kraft kostet.

Und diese Kraft finde ich in meiner Liebe zum Leben, einem Leben, das er mir nehmen will – nicht heute oder morgen, aber irgendwann. Und darum enden unsere Zwiegespräche nicht mehr damit, dass er mir sagt, dass er gewinnt.

Am Ende eines jeden Gesprächs bleibt der letzte Satz bei mir: „Am Ende gehörst du zu mir und meinem Leben, und deshalb will ich versuchen, dich zu lieben, wie alles andere, was zu mir gehört." Und manchmal, wenn ich dann in dieses böse kleine Gesicht sehe, habe ich das Gefühl, so etwas wie Achtung und Anerkennung in seinen Augen zu sehen. Und manchmal scheint es mir, als würde er schwächer, schwächer, als ich es je sein werde. Und das gibt mir die Hoffnung, dass ich diesen Feind am Ende doch noch bezwingen kann.

*Renate Behr* *wurde 1954 in Bochum-Wattenscheid geboren. Schon von frühester Jugend an gehörten Geschichte, Literatur und das Schreiben zu den bevorzugten Hobbys der gelernten Reiseverkehrskauffrau. Aus dem Hobby „Schreiben“ ist inzwischen ein Beruf geworden. Seit 2007 wurden von der im südlichen Münsterland wohnenden Autorin verschiedene Romane aus unterschiedlichen Genres veröffentlicht.*

# Erinnerungen

Halte mein kleines, schwarz-weißes Kätzchen im Arm.
Herz pocht jung und sehr kräftig, Körper ist ganz warm.
Tage werden zu Wochen. Jahre vergehen.
Erinnerungen bleiben immer bestehen.

Halte mein altes, ergrautes Kätzchen im Arm.
Herz schlägt krank und nur noch flatternd, Körper sehr warm.
Es hilft keine Medizin und es hilft kein Rat.
Erinnerungen entstehen aus jeder Tat.

Halte mein sterbendes, schwaches Kätzchen im Arm.
Herzschlag ist kaum hörbar, Körper noch etwas warm.
Abschied zieht leise und schleichend in mein Herz ein.
Erinnerungen werden unvergänglich sein.

Halte mein totes, lebloses Kätzchen im Arm.
Herz schlägt jetzt niemals mehr, Körper ist nicht mehr warm.
Traurige Tränen sind häufige Begleiter.
Erinnerungen leben im Herzen weiter.

*Susann Scherschel-Peters* wurde 1975 im thüringischen Mühlhausen geboren. Zusammen mit Mann und Kind lebt sie in Frankfurt am Main. Sie ist Diplom-Pädagogin und Trauerbegleiterin.

# Das Buch
## der vergessenen Ideen

Nachdem er das lederne Notizbuch aus der Umzugskiste genommen hatte, überwältigte ihn eine Welle der Erinnerung. Langsam strich er über den braunen Ledereinband und spürte die Risse des Materials mit seinem Daumen. Die Seiten waren an den Rändern ganz vergilbt. „So groß wie eine Zigarettenpackung", hatte er damals zu der Verkäuferin des Schreibwarenladens gesagt, „damit ich es immer bei mir tragen kann, denn man kann ja nie wissen, wann man eine Idee hat." Dabei grinste er jungenhaft.

Viele Jahre waren seither vergangen. Jahrzehnte, um genau zu sein. Akribisch hatte er jede seiner Ideen, egal zu welcher Uhrzeit und egal an welchem Ort, in das lederne Notizbuch eingetragen.

Irgendwann holte jedoch auch ihn das Leben ein. Familie, Arbeit, soziale Verpflichtungen, sodass das Buch in der obersten Schublade seines Schreibtischs verschwand. In dieser Schublade mit den zarten Verzierungen fristete es seine Zeit, all die Wochen und Jahre. Bis vor wenigen Tagen.

Es war kurz nach seinem achtzigsten Geburtstag, seine Frau seit zwei Jahren tot, die beiden Söhne weit entfernt mit ihren Familien, sodass Richard seine letzte Reise in das ortsansässige Altersheim antreten musste. „Altersresidenz, auch im Alter Leben mit Komfort", so lautete die Werbeanzeige des Johannes Stifts.

Jetzt, wo er mit seinem wenigen Hab und Gut in dem Stift angekommen war, spürte er Trauer und Wut über seine nachlassenden Fähigkeiten und Kräfte. Als Architekt war er es gewohnt gewesen, Dinge zu kreieren und aus dem Nichts Gebäude zu schaffen. Jedes Gebäude ein wertvolles Unikat. Heute reichte sein Können nicht mal mehr, um sein Frühstück selbst zu machen. Die alten Knochen knarrten und knacksten. Sein ehemals dynamisches Lebenstempo musste er um ein Vielfaches reduzieren. Alles dauerte länger. Zeitweise fühlte es sich für ihn so an, also ob er sich in Zeitlupe einem Ziel auf einer nie enden wollenden Zielgerade näherte. In manchen

Augenblicken hielt er seine Rückenschmerzen kaum aus, aber der Geist war frisch und seine Augen noch klar.

Er schaute sich in seinem neuen Domizil um. Frustration machte sich breit. Das Zimmer war vier Meter lang und vier Meter breit. Das ergab genau sechzehn Quadratmeter, um sich frei zu entfalten. An den Wänden klebte eine Raufasertapete, die irgendwann mal weiß gewesen war. Oben rechts in der Ecke war ein alter Wasserschaden sichtbar. An den Fenstern hingen geschmacklose grüne Vorhänge. Sowas wäre seiner Frau, die immer stilsicher gewesen war, sicher nicht ins Haus gekommen. Viel zu früh, schien es ihm, war sie ihm genommen worden.

Aber Menschen, die man liebt, sterben immer zu früh, egal wie alt sie werden.

Der Wind wehte bei dem geöffneten Fenster die Vorhänge ins Zimmer und er atmete die kühle Herbstluft ein. Der frisch gereinigte Linoleumboden in einem tristen Grau roch nach Desinfektionsmittel. Der Geruch vermischte sich mit der klaren Luft.

Vor seinem Fenster stand eine große Kastanie. Ihre braunen Blätter leuchteten fast rot in der Sonne und untermalten die herbstliche Stimmung. Vielleicht würden sich im Frühling Vögel in der Krone niederlassen und ein Nest bauen, dann hatte er wenigstens etwas zu gucken und zu hören. Das Vogelgezwitscher wäre eine gelungene Abwechslung.

All diese Eindrücke und Gedanken wurden verdrängt in dem Augenblick, als er das Notizbuch aus dem Karton nahm. „Das Buch der vergessenen Ideen, meiner vergessenen Ideen", schoss es ihm durch den Kopf. Langsam schlurfte er zurück zu seinem Bett mit dem Notizbuch in der Hand. Seine Pantoffeln schlappten auf dem Linoleumboden.

Auf der Bettkante sitzend öffnete er den Deckel des Buches und seine Augen begannen zu glänzen. Da standen sie alle, alle seine Ideen. Hinter einigen befand sich ein kleines Häkchen, einige waren durchgestrichen, wenn sie sich als unbrauchbar erwiesen hatten, und einige waren unangetastet und unverbraucht. Er blätterte Seite für Seite des vergilbten Buches um. Die Seiten raschelten und er genoss den Geruch des alten Papiers.

Auf Seite vierzehn befand sich eine Idee, auf die er besonders stolz war. Eigentlich war es gar nicht allein seine Idee gewesen, sondern die von ihm und seiner Frau. Morgens im Bett mit dem Kaffee in der Hand und einem Teller mit Keksen, hatten sie die besten Ideen zusammen gehabt. Aus ihren gemeinsamen Gesprächen waren überraschende Gedanken entsprungen.

Seine Frau war eine leidenschaftliche Leserin und hatte so viele Bücher angehäuft, dass sie einfach keinen Platz dafür mehr in ihrem Haus hatten. Sich von ihren Schätzen jedoch zu trennen, kam für seine Frau nicht in Frage. Auf seine Bitte hin, sich zumindest von einem kleinen Teil zu trennen, hatte sie nur bestimmt den Kopf geschüttelt und ihm deutlich gemacht, dass sie sich ein Leben ohne Literatur nicht vorstellen konnte. Jedes Buch war für sie so wertvoll wie das andere und keines von ihnen hatte es verdient, aussortiert zu werden.

Nun kam der Tag, an dem sie den Durchgang im Wohnzimmer zum Esszimmer verschließen wollten. Das erste Kind war unterwegs und ein Kinderzimmer wurde notwendig. „Eine Wand aus Büchern", stand in seiner krakeligen Handschrift in dem Buch und dahinter war ein kleines Häkchen gesetzt. Er musste grinsen. Die neuen Besitzer des Hauses hatten davon keine Ahnung und es würde das Geheimnis von seiner Frau und ihm bleiben. Tatsächlich hatten sie die Bücher gestapelt. Eines nach dem anderen und das Kunstwerk zu einer Mauer verputzt und tapeziert. Eine Wand aus Wissen und Literatur. Jedes Mal lächelten sie sich an, wenn ein Besucher die neue Aufteilung im Haus lobte. Der tiefere Sinn blieb ihr Geheimnis und auch die Söhne erfuhren nie etwas davon.

Als der ältere Sohn in der Schule nur schlechte Noten schrieb, stellte seine Frau sein Bett so, dass er mit dem Kopf an der Wand schlief. „Vielleicht hilft es ja, man weiß es nie", seufzte sie. Ihr Sohn schaute sie nur verständnislos an, aber Richard verstand nur zu gut, was sie meinte. Mittlerweile war ihr Sohn ein erfolgreicher Arzt. Zwei Enkeltöchter hatte er ihnen geschenkt. Die Wand hatte also ihren Zweck erfüllt.

Das Erstaunliche war, dass die Verlustängste von geistigem Gut offensichtlich vererbbar waren. Als er vor vier Jahren seinen Sohn besuchte und in dem Zimmer seiner Enkelinnen saß, war sein Blick auf eine Pinnwand gefallen. Ein buntes Chaos aus Papier. Als er sich ihr interessiert näherte, konnte er die einzelnen Zettel erkennen, auf denen scheinbar zusammenhangslose Sätze standen. Auf seine

Nachfrage hin, hatte seine Enkelin ihm voller Stolz erklärt, dass es Gedanken und Ideen waren, die sie im Laufe der Zeit gesammelt hatte. Aus Sorge, dass sie in der Bedeutungslosigkeit verschwinden könnten, schrieb sie sie auf und heftete sie an die Pinnwand über ihrem Schreibtisch.

Als er seiner Frau davon erzählte, brach diese in Begeisterungsstürme auf. „Das hätte auch deine Idee sein können!", rief sie mit aufgeregter Stimme, während sie den Frühstückstisch deckte.

Langsam blätterte er auf die nächste Seite. Von diesen vielen Ideen würde nie jemand erfahren. Der bevorstehende Verlust stimmte ihn traurig, sein Rücken schmerzte und es war bereits Nachmittag. Eine tiefe Müdigkeit überkam ihn und er entschied, einen Mittagsschlaf zu machen. Er schloss die Augen und fiel in einen tiefen Schlaf.

Als es draußen schon dunkel und die Temperaturen in dem Zimmer durch das offenen Fensters frostig waren, wurde Richard wach. Er öffnete die Augen und lächelte. Er hatte eine Idee. Wie ein Blitz traf es ihn, während er beim Erwachen die Augen öffnete. Vorhin hatte er schon das Gefühl gehabt, der Lösung nah gewesen zu sein, aber er war einfach nicht drauf gekommen. Die zündenden Ideen wählten immer den Zeitpunkt, in dem er am wenigsten mit ihnen rechnete. Er wusste nie, wann sie kamen.

Schnell kramte er nach seinem Notizbuch und nahm einen Stift von seinem Nachttisch. Mit seiner krakeligen Schrift, an der sich auch bis heute nichts geändert hatte, schrieb er: *Ein Buch über das Buch der vergessenen Ideen schreiben.* Er würde das Vergessene unvergessen machen und seiner neuen Bleibe Leben einhauchen. Auch auf sechzehn Quadratmetern konnte man seinen Gedanken unbegrenzten Lauf lassen. Er war immer noch frei. Seine Frau hätte vor Freude in die Hände geklatscht und ihm einen Kuss gegeben für diese Idee, da war sich Richard sicher.


*Dr. med. Barbara Bellmann wurde 1984 in Hagen/Westfalen geboren. Nach dem Studium der Humanmedizin an der Rheinischen Friedrich-Wilhelms-Universität Bonn, begann sie in Aachen ihre Facharztausbildung zur Kardiologin am dortigen Universitätsklinikum. Im Sommer 2013 setzte sie ihren Weg in Berlin fort. Sport und Literatur begeistern sie neben ihrer Tätigkeit als Ärztin. Seit einigen Jahren widmet sie sich ihrer Leidenschaft dem Schreiben. Hier konnte sie schon erste Erfolge erzielen.*

# Engel

Hell die Engelharfe klingt,
Denk an mich.
An deiner Seite ruht sich
Ein wunderschöner Engel aus.
Denk an dich,
Sanft eingehüllt von seinen
Purpurflügeln ruhen wir
Uns ewig aus

**Susanne Ulrike Maria Albrecht**, *Jahrgang 1967, hat bereits zahlreiche Werke in Anthologien und Literaturzeitschriften veröffentlicht. Ihr Lyrikband „Weiße Hochzeit" wurde 2010 herausgegeben. 2013 erschien ihre Kriminalsatire „Verdächtige und andere Katastrophen". Sie ist zudem bei verschiedenen Literaturwettbewerben ausgezeichnet worden, jüngst mit einem dritten Platz beim Internationalen Wettbewerb „Märchen heute 2013". Auf ihrer Internetpräsenz http://susanne-ulrike-maria-albrecht. over-blog.de sind stets ihre neuesten Veröffentlichungen, Gedichte, Auszeichnungen und vieles mehr zu finden.*

# Rosenzeit

Du sprachst nicht. Schon lange nicht mehr.

Immer, wenn ich das Sterbezimmer – so nannte das Pflegepersonal diesen Raum – betrat, war dein Blick an die Decke, in die Ferne, gerichtet. Du wartetest. Auf was?

Nicht auf mich. Nein.

Ich wusste nichts von dir.

Gesellschaft sollte ich dir leisten. Mehr könne man nicht für dich tun.

Das strahlend weiß gestärkte Hemd, in das man deinen durchsichtigen knochigen Leib gesteckt hatte, war steril und störrisch wie alles hier. Viel zu groß, viel zu hart, keine Geborgenheit bietend.

Ich hatte mir angewöhnt, mich auf deine Bettkante zu setzen und deine Hand zu streicheln. Gestern hattest du es endlich zugelassen. Du entzogst sie mir nicht mehr. Nein, du hattest tastend nach meinen Fingern gegriffen, sie ganz scheu gedrückt.

Leise erzählte ich von mir. Ich hatte als kleines Mädchen Zöpfe. Lange, dicke Flechten, die sich oft lösten, weil ich schon wieder die Schleife beim Toben verloren hatte. Wir tranken Brunnenwasser, erzählte ich, während ich mit dem nassen Tuch deine Lippen berührte.

Meine Stimme war monoton, und deine Augen schlossen sich bisweilen in tiefen Höhlen. Manchmal flog ein schwaches Lächeln über deine Lippen. Und als ich von der Rosenzeit erzählte, von meiner ersten heimlichen Liebe in der Laube hinter dem Haus, da meinte ich, deutlich das Rosenglück in deinem Gesicht aufblühen zu sehen.

In dieses Glück hinein flüsterte ich: „Wir liefen Hand in Hand über die Blumenwiese, sahen den schillernden Schmetterlingen zu und genossen den kühlenden Lufthauch am nahen Bach."

Hatte ich dich entführen können in dieses warme Sommerlicht? Oh, ich spürte das letzte Mal den Druck deiner Hand, und ich löste vorsichtig deine Finger von meinen, während dein Gesicht schnell die wächserne Farbe annahm und ich endlich die Klingel drückte.

Meine Güte, welch eine Hektik um dieses still ausgehauchte Leben. Vorher hätten sie sich die Hacken ablaufen sollen, ging es mir durch den Kopf, vorher.

Auf dem Friedhof nahm ich erstaunt wahr, da gab es doch tatsächlich eine recht große Verwandtschaft, Kinder, Enkel, Geschwister – in elegantem Schwarz. Der Pfarrer breitete dein Leben aus. Ein Krieg, Vertreibung und Flucht, die Kinder klein. Als Kriegswitwe und Fabrikarbeiterin schlugst du dich durchs Leben.

Alle deine Kinder waren was geworden. Der Sohn in der Behörde, die Tochter Anwältin, die Kleinste trieb sich als Modedesignerin in der Welt herum. Du passtest nicht in diese Welt. Und ... nun ja, man hatte halt wenig Zeit.

Heute liefen die Tränen reichlich. Und ich dachte, sie müssten wohl über sich selbst weinen, aber sie würden mit diesem Versäumnis leben können. Ich war nur kurze Zeit Sterbebegleiter. Ich konnte ihr nicht das bieten, was sie verdient hätte. Sie hatte viele Jahre gewartet, auf diese hier, ging es mir bitter durch den Sinn.

Lieber Gott, ein Lebenskonto wird nicht einfach ausgeglichen, nur weil Soll und Haben im letzten Moment stimmig gemacht werden. Diese deine Rechnung erschließt sich mir nicht.

Damals, als diese Mutter Rosenzeit hatte, gab es in den Trümmern keine. Später gab es statt Rosen Gemüse auf den Beeten.

Heute trug die Trauergemeinde ein gewaltiges Blumenbukett auf das Grab.

Ja, die liebe Verblichene hätte die Rosen stets so sehr geliebt, sprach der Pfarrer im üblichen Predigtton. Die Worte wehten an mir vorbei.

Oh wie sehr hättest du dich über eine einzige Rose aus diesem Pomp gefreut.

Es war zu spät.

Oh wie sehr hättest du dich über einen einzigen all der Gäste an deinem Bett gefreut.

Es war zu spät.

Oh wie wäre dir eine einzige kleine Melodie – statt dieser Choräle – zu Herzen gegangen.

Zu spät.

Einer der Verwandten sah mich misstrauisch an.

„Wer sind Sie? Was verbindet Sie mit ihr?“

„Nichts“, lächelte ich, „nichts. Nur die Rosen.“

Er wandte sich ab.

Die ist nur von der Gärtnerei, hörte ich ihn sagen, während die Leidtragenden in angemessener Trauer den Friedhof verließen.

*Karin Bottke* wurde 1948 in Helmstedt/Nds. geboren, ist verheiratet und hat einen Sohn. Nach ihrer Verwaltungslaufbahn war sie im Kfz-Handel tätig. Sie betreibt seit 2006 eine Schreibwerkstatt im Pförtnerhaus der Kirchengemeinde St. Marienberg. Außer ihrem autobiografischen Roman über die Demenz sind Kinderbücher, Romane, Kurzgeschichten, Anthologien, eBooks und ein Hörbuch veröffentlicht.*

# Frage ohne Antwort

Sie liebten mich,
als ich ein Winzling war.
Sie liebten mich,
als größer ich dann wurde.
Sie liebten mich,
als alle Sorgen meiner Welt
ich über sie ergoss.
Sie liebten mich,
als glücklich ich mich wähnte.
Sie liebten mich,
als ich Karriere machte,
und liebten mich,
als mich das Glück verließ.

Sie liebten mich,
als in die Tief' ich fiel.
Sie liebten mich
mit all' den vielen Fehlern.
Sie liebten mich,
bis Kräfte sie verließen,
und liebten mich
in alle Ewigkeit.

Nun stehe ich
am Grabe meiner Eltern:
Genügte alle Liebe,
die je ich ihnen gab?

*Christina Klose* wurde 1945 in Marienberg (Erzgeb.) geboren. Sie hat schon mehrere Bücher veröffentlicht.

# Ich kannte meinen Mann so lang

Ich kannte meinen Mann so lang
und hab' ihn sehr geliebt.
Verkroch mich hinter ihm oft bang,
als ob es mich nicht gibt.
Dann starb er und ich blieb allein,
fiel in ein Loch aus Traurigkeit.
Ich konnte mich daraus befrei'n,
und merkte nun, die Welt ist weit.
Ich flog in unbekannte Höh'n,
tat Dinge, die ich niemals konnte.
Ich sah, die Welt ist trotzdem schön,
entdeckte neue Horizonte.
Er wird in meinem Herzen bleiben,
doch die Welt dreht weiter sich.
Manchmal denk' ich, er sieht mein Treiben
und ist vielleicht stolz auf mich.

*Elviera Kensche*

# Abschied in Liebe



– oder nimm mich noch einmal in den Arm –

„Früher war alles anders", sagen die alten Leute und es stimmt in einigen Belangen unseres Lebens. Eine Geburt war in der Großfamilie etwas Alltägliches, genauso wie das Sterben.

Kinder wurden mit Geburt und Tod konfrontiert und wussten schon früh, dass beides zum Leben gehört. Doch wie sieht es heute aus? Ich bin nicht mehr jung und habe bis auf die Geburt meiner beiden Kinder keiner anderen Geburt beigewohnt. Auch weil die Großfamilien abgeschafft wurden, hatte ich mit dem Tod meiner Großeltern keine Berührung gehabt.

Meine Mutter, 86-jährig, erlitt im Altenheim einen Schlaganfall und wurde ins Krankenhaus eingeliefert. Sie war linksseitig gelähmt und konnte sich nicht mehr verständlich machen. Auf der Intensivstation fragte sie mich unter großer Anstrengung „wo bin" und zeigte mit dem Zeigefinger auf ihre Brust. Sie hatte dort in der Klinik noch einen weiteren Schlaganfall erlitten und versuchte mit großer Willenskraft, mir zu sagen, dass sie nach Hause möchte, in ihr Bett.

Das war immer schon ihr Rückzugsort gewesen, wenn sie Schmerzen oder Ärger hatte oder einfach traurig war. Wir konnten ihr diesen Wunsch leider nicht erfüllen, denn sie lag ja auf der Intensivstation und war an viele Kabel und Maschinen angeschlossen.

Der Zustand verschlechterte sich zunehmend, eine weitere Gehirnblutung kam dazu, und die behandelnden Ärzte suchten das Gespräch mit mir.

Sie erklärten, dass es keine Rettung für die alte Frau geben würde, da sie auch nicht mehr schlucken konnte. Eine Logopädin hatte diverse Versuche unternommen, ihr Flüssigkeiten einzuflößen, jedoch ohne Erfolg.

Meine Mutter hatte zuvor über sieben Jahre mit einem kombinierten Schrittmacher mit Defibrillator ihr Leben verlängern können und wir hatten wenige Jahre vor dem Schlaganfall gemeinsam beim Notar unsere Patientenverfügungen verfasst.

Es war ein überaus bitterer Entschluss, den Defibrillator im Schrittmacher abschalten zu lassen und auf das Ende zu warten. Die Schwestern auf der Station gaben von nun an regelmäßig Morphinspritzen, etwas anderes konnten sie nicht tun.

Meine Tochter und ich saßen tagelang von früh bis spät am Krankenbett, streichelten meine Mutter und redeten liebevoll mit ihr. Wir beteten gemeinsam am Bett und man merkte, dass sie dem Tod näher war als dem Leben.

Auch die Krankenschwestern kamen und beteten mit uns. Die Todkranke lag nur noch leblos im Bett und atmete schwer, ansonsten gab es keinerlei Bewegungen und Reaktionen mehr. Ich dachte immerzu: „Lieber Gott, wo bist du? Hilf ihr doch zu sterben!“

Am fünften Tag gegen Mittag kamen zwei Schwestern und meinten, sie wollten meine Mutter noch einmal im Bett auf die andere Seite drehen. Ich trat zurück an das Fußende, um die Arbeit nicht zu behindern, doch eine der Schwestern zog mich mit einem Ruck vor die Sterbende und rief: „Schnell, schnell!“

In diesem Moment richtete sich meine Mutter ein wenig auf, ihr tagelang lebloses Gesicht straffte sich, sie riss die Augen mit dem erstaunten Blick eines Kindes auf und tat ihren letzten Atemzug.

In diesem Moment war mir klar, dass sie das Licht gesehen hat und voller Zuversicht aus dem irdischen Leben gegangen ist. Diese Erfahrung mit dem Tod hat meine Tochter und mich tief geprägt und den Glauben an ein Leben nach dem Tod gestärkt.

Noch über mehrere Monate spürte ich tagsüber immer wieder ein zartes Streicheln an meinem Handgelenk. Ich war mir sicher, dass meine Mutter noch in meiner Nähe war. Es kam mir überhaupt nicht in den Sinn, dass ich vielleicht einer Täuschung erlegen wäre. Wie sehr habe ich mir gewünscht, dass wir uns noch einmal umarmen könnten, nur ein einziges Mal. Auf meinem CD-Player spielte ich dann das Ave Maria, das ich für ihre Trauerfeier ausgewählt hatte, und tröstete mich mit dem Wissen um ihren friedlichen Tod.

***Christine Leitl** wurde 1948 geboren. Sie ist leidenschaftliche Schreiberin und Mitglied des Roschtler Schreibkreises.*

# Manchmal ja, manchmal nein

Tine bürstete sich noch schnell über ihre prächtigen, schulterlangen weißen Haare, dann zog sie sich das knallbunte Regencape an, schnappte ihre riesige Handtasche mit der Theaterschminke darin und verließ das Haus.

Noch lange hörte sie das Protestbellen ihres zurückgelassenen Terriers Frosch, der zu Quellaugen neigte und winzige Schwimmhäute zwischen den Zehen besaß. Sie lächelte. Immer, wenn sie auf dem Weg zu Phils Galerie war, lächelte sie. Es war so etwas wie Vorfreude in ihrem Herzen. Und auch ein klein wenig Aufregung, denn schließlich hatte sie dort einen richtigen Auftritt.

Sie kannte Phil schon jahrelang. Obwohl er fast dreißig Jahre jünger war als sie, verspürten beide eine innige Verbundenheit. Es war so etwas wie Seelenverwandtschaft zwischen ihnen. Sie hatten sich auf ihren ausführlichen Hundespaziergängen kennengelernt. Sie lachten über die gleichen Dinge und sie grübelten über die gleichen Dinge. Immer häufiger trafen sie sich auf ein Glas Rotwein in seinem Atelier. Dort füllten Phils meisterlich geschnitzte Tierfiguren den ganzen Raum. Tierfiguren, deren Augen so beseelt schienen, als seien sie geradewegs aus dem Paradies gekommen. Die fein aufgetragenen Lasurfarben, die Fell oder Gefieder hervorhoben, verliehen den Tieren eine Anmut und Würde, die selbst die übergroße Wühlmaus auf seinem Schreibtisch ausstrahlte.

„Das ist der schönste Ort, den ich kenne", hatte Tine ihm einmal gesagt. Daraufhin war der Phil sehr ernst geworden.

„Glaubst du an ein Leben nach dem Tod?" Die Frage war einfach so aus ihm herausgerutscht.

„Manchmal ja, manchmal nein", hatte Tine da geantwortet. Und dann begann sie zu erzählen von all der esoterischen Literatur, die sie verschlungen hatte, um mehr über das Jenseits zu erfahren und um endlich ihre Zweifel loszuwerden. Ihre Zweifel an einem möglichen Bewusstsein über den Tod hinaus. Sie wollte mehr sein als nur ein Zufallsprodukt der Evolution. Sie sehnte sich danach, in die geistigen Tiefen der Ewigkeit eindringen zu dürfen. Es war nur ein winziger Zipfel, der ihr fehlte, um die nagende Skepsis abzuschütteln, das spürte sie genau. Doch dieser Zipfel schien nicht in Sicht.

Phil war überglücklich, einen Menschen gefunden zu haben, der über das Sterben so selbstverständlich sprach wie über das Leben. Fast alle ergriffen die Flucht vor dem Wörtchen *Tod*, obwohl ihn doch jeder vor sich hatte.

„Und ich werde daran etwas ändern", sagte Phil zwei Flaschen Rotwein später. „Ich werde jeden an seine Sterblichkeit erinnern. Die Kunst darf alles!"

Schon am nächsten Tag begann er, Särge zu fertigen. Särge für Tierfreunde. Die Weggefährten eines Menschen sollten seinem verstorbenen Körper beistehen.

Der Sarg als solcher war fast nicht mehr zu erkennen. Jeder Zentimeter wurde zum Kunstwerk. Satte grüne Blumenwiesen, herrliche Landschaften oder filigrane Obstbäume zierten die Seitenwände und lenkten den Blick des Betrachters nach oben. Dort auf dem Sargdeckel tummelten sich seine geschnitzten Tierfiguren. Spielende Katzen, ruhende Jagdhunde, springende Kaninchen oder philosophisch blickende Aras.

Ein halbes Jahr später hatte er eine Galerie in der Fußgängerzone der Stadt gemietet. Mitten ins Schaufenster stellte er drei seiner Meisterstücke. Auf der Eingangstür war in Goldbuchstaben zu lesen: „Vorsicht Kunstausstellung! Ein Beitrag zum Thema Vergänglichkeit."

An all das erinnerte sich Tine, während sie seine Galerie betrat. So wie jeden Samstag, wenn die Ausstellung geöffnet war, sollte sie auch heute wieder für eine Stunde in Phils schönstem Kunstwerk Reklame schlafen.

„Willkommen Tinchen, willkommen", sagte Phil fröhlich und gab ihr ein Begrüßungsküsschen auf die Stirn. Tine klatschte vor Begeisterung in die Hände, als sie sein neuestes Objekt sah.

Auf den Seitenwänden erstrahlten Salatköpfe und Erdbeeren, während über allem eine riesige Schildkröte thronte, die an einem moosgrünen Blatt knabberte. Der Panzer bestand aus einem herrlichen Holzmosaik und die schwarzen Obsidianperlenaugen blickten verträumt ins Weite.

„Da hast du dich ja mal wieder selbst übertroffen“, sagte Tine und meinte es auch so.

„Darin wirst du heute liegen“, entschied Phil, der stolz wie Oskar auf seine Arbeit war.

Voller Freude eilte Tine zu ihrem Schminktisch und bereitete sich auf den Auftritt vor. Nachdem Gesicht, Arme und Hände die nötige Blässe erreicht hatten, betupfte sie sich mit Silberglimmer und schlüpfte in ihr knöchellanges weißes Baumwollkleidchen.

Phil half ihr, in den Sarg zu steigen und bald lag sie wie ein Schmuckstück darin. Mit jeder Hand umschloss sie einen Apfel, das half ihr, leichter in einen meditativen Zustand zu geraten.

Und tatsächlich, bald hörte sie die erstaunten Ausrufe der Galeriebesucher nicht mehr. Bald fühlte sie sich unglaublich leicht und ein Lächeln umspielte ihre Lippen. Vor ihrem geistigen Auge sah sie ein warmes, diffuses Licht. Sie spürte, wie sich die Hände von den Äpfeln lösten und ihre Arme langsam in die Höhe strebten. Es waren zarte, sehr kleine Ärmchen, die grausilbrig schimmerten. Dann ging plötzlich ein Ruck durch ihren Körper und in abgehackten zickzackförmigen Bewegungen schwebte sie mitten in den Himmel hinein. Rasend schnell stieg sie dann mit einem Jubelschrei und ausgebreiteten Armen so hoch, so hoch, wie es kein Mensch sich vorstellen kann. Doch plötzlich musste Tine an ihren Körper denken, dort unten in der Galerie.

Keine Sekunde später schlug sie die Augen auf. Sie spürte Tränen auf ihrem Gesicht. Tränen der Freude noch am Leben zu sein und Tränen der Dankbarkeit, den Weg in die Ewigkeit berührt haben zu dürfen.

Die Ausstellung war längst geschlossen und der Phil blickte besorgt in ihr Gesicht.

„Tine, du warst sehr weit weg, oder?“, fragte er ganz leise.

„Ja.“ Sie setzte sich ganz langsam auf.

„Wo warst du?“ Er wischte ihr die Tränen aus dem Gesicht.

Sie streckte den Finger in die Luft. „Dort, ganz weit oben. Dort, wofür es keine Worte mehr gibt. Nie wieder werde ich manchmal ja, manchmal nein sagen müssen. Meine Seele weiß jetzt, dass etwas Unglaubliches auf sie wartet, auch wenn der Körper sich von ihr getrennt hat, auch wenn er längst Teil einer Blumenwiese geworden ist.“

Beide lagen einander noch eine Weile schweigend in den Armen, dann begab sich Tine auf den Heimweg zu ihrem Frosch. Sie spürte tiefes Glück in allen Fasern ihres Körpers. Ein rauschendes Fest würde sie geben. Ein Fest auf sich, das Leben und alles Mögliche danach.

Phil schloss nachdenklich seine Galerie ab. Es gab wohl doch mehr zwischen Himmel und Erde, als der Verstand jemals erfassen konnte. Ein herrlicher Gedanke!

**Anna-Beata Mirsching** *wurde 1949 in Frankfurt/M. geboren, wo sie nach dem Abitur an der Städel-Schule ein Studium für bildende Künste abgeschlossen hat. Seit 1980 lebt sie als Malerin in Büdingen. 2013 wurde von ihr eine Geschichte mit dem Titel „Der Friedrich ist da" veröffentlicht.*

# Gelsenkirchener Barock

Wie so oft sitze ich an meinem Platz und wie so oft überkommt mich das vertraute Gefühl: bloß weg hier! Raus aus dem Mief und der Bürgerlichkeit, die das monströse Möbel repräsentiert. *Gelsenkirchener Barock*, das trifft es am ehesten. Ein gewaltiger Küchentisch, natürlich massiv, wie du immer betont hast. Kurz nach der Währungsreform gekauft. „Als es uns allen schon wieder besser ging", wie du sagtest. Für 50 Mark, das war damals eine gewaltige Summe, jedenfalls für dich.

„Und, Kind, ich bin jeden Monat pünktlich zum Ersten ins Möbelgeschäft gegangen und habe die Rate auf den Tisch des Hauses gelegt, immer zehn Mark, denn auf einen Jollenbeck kann man sich verlassen!"

Vorsichtig streiche ich über die Kante. Ja, hier ist die Kerbe, die ich mit meinem nagelneuen Taschenmesser in einem Anflug von Protest hineingeritzt habe, weil hier immer still gesessen werden musste. Weil gegessen wurde, was auf den Tisch kam. Außer einer Tracht Prügel hat mir mein stiller Protest nichts eingebracht, doch es hat mich darin bestärkt, so schnell wie möglich wegzukommen. Mein Leben in die Hand zu nehmen und eigenverantwortlich zu entscheiden. Letztendlich hast du mich in allem unterstützt, bist da gewesen. Hast zu mir gestanden, massiv und durch nichts zu erschüttern. Genau wie dieser unglaubliche Küchentisch.

Hier haben wir gesessen, als Mutter von uns gegangen ist. Du hattest den Kopf in den Händen vergraben. „Ich komm schon klar, Kind. Mach dir mal keine Sorgen", hast du gemurmelt. Plötzlich sahst du alt aus, zerbrechlich und unglaublich müde. Ich habe dich in den Arm genommen. Für einen Augenblick konntest du das zulassen, hast dich angelehnt, schutzsuchend, fast eine kindliche Geste. Doch der Augenblick verflog schnell. „Ich möchte jetzt allein sein", hast du gesagt und zum ersten Mal habe ich dich wirklich verstanden.

Vor einer Woche habe ich dich zum letzten Mal begleitet. Du hast dich niemals aufgegeben, doch zuletzt ist eine große Müdigkeit über dich gekommen. Du wolltest einfach nicht mehr, hattest genug gelebt. So bist du gegangen, wohin auch immer. Irgendwann werde ich dir folgen, vielleicht kannst du ja schon mal einen Platz für mich freihalten.

Ich stütze mich ab, es ist etwas mühsam aufzustehen, doch der Tisch hilft mir dabei, mich aufzurichten. Die Oberfläche fühlt sich ganz glatt an, ist immer noch schön poliert. Kein Wunder, du hast sie immerzu gewienert. Warst so stolz auf das Möbel, denn es repräsentierte Wohlstand und ein geordnetes Leben nach einer langen dunklen Zeit. Weißt du was, Papa, ich werde das gute Stück nicht mit in den Sperrmüll geben. Irgendwo im Haus findet sich ein Platz für dein Lieblingsmöbel!

Und ich werde mich schon daran gewöhnen.

*Angie Pfeiffer* *wurde in Gelsenkirchen geboren und lebt heute mit ihrem Mann, vier Söhnen, zwei Dackeln und einer Katze in Münster. Bisher veröffentlicht: vier Romane, darunter Ruhrpottadel (autobiografischer Roman), ein Kinderbuch, 18 eBooks, zahlreiche Kurzgeschichten in Anthologien und Literaturzeitschriften, sowie der Tagespresse.*

# Mondfäden

Sie kriechen durch die schmalen Spalten der lückenhaft geschlossenen Vorhänge und fallen auf dem Fußboden auseinander. Die hellen Mondfäden beleuchten einen kleinen Ausschnitt, in dem die Frau mit einem aufgeschlagenen Buch an ihr Bett gelehnt sitzt und versucht, die krakeligen Wörter, die sie kurz vorher zu Papier gebracht hat, zu entziffern.

*Da bin ich wohl zu früh gerufen worden.*
*Von meinem gemütlichen Platz hoch oben im Apfelbaum hätte ich mich nicht zu bemühen brauchen, um zuzusehen, wie der Mensch hier seine Aufzeichnungen begutachtet.*
*Aber Geduld ist ja nun einmal meine große Stärke und so verdrücke ich mich halt noch ein wenig in die äußerste Ecke der staubigen kleinen Kammer, um meinen Schlaf der vergangenen Nacht nachzuholen. Es hat mich verdammt viel Arbeit gekostet, nach dem Eisenbahnunglück gestern so viele Seelen heimzuführen und ich bin immer noch rechtschaffen müde.*
*Wenn ich gewusst hätte, was ich jetzt weiß, wäre ich wohl besser gleich wieder im hohen Geäst meines Baumes verschwunden.*

Die Mondfäden indessen bestrahlen nicht nur die Buchseite in Persephones Händen, sondern erhellen auch ihre Gedanken.

Auch sie hat sich in den letzten Tagen rechtschaffen müde gefühlt. Kein Wunder, nach so vielen gelebten und nicht gelebten Jahren und sie hat ihre Seele aufrecht warten lassen. Aber sie hat die Rechnung ohne ihren Geist gemacht, der schon immer sein eigenes Dasein führte.

Ihre steifen Finger suchen die erste Seite im Buch und schreiben mit großen geschwungenen Buchstaben: *Für Hannes.* In diesem Augenblick ist ihr die Tatsache, dass Hannes schon längst gegangen ist, nicht bewusst, denn sie hat eigentlich immer mit ihm gesprochen.

Es ist stickig in ihrer Kammer. Sie öffnet das Fenster zur Straße und begrüßt den wiegenden Luftzug, der den Lärm des urbanen Nachtlebens in ihr Zimmer schwappen lässt.

Die Lichtfäden zittern.

Es ist ihr recht so, es ist ihr, als würde die Aufregung Leben in sie zurückkehren.

*Der Straßenlärm hat mich geweckt.*
*Sie hat das Fenster ein wenig geöffnet. Sie denkt – sie handelt.*
*Was mache ich hier?*
*Mir soll es recht sein, habe auch so genug zu tun.*
*Dieser grässliche Vollmond verdirbt einem jedes Geschäft.*
*Die Leute kriegen romantische Gefühle bei seinem Licht und wähnen sich in diffusen Unsterblichkeiten.*
*Ich bleibe noch!*
*Habe schon erlebt, dass die Euphorie von kurzer Dauer sein kann.*
*Wenn nur dieser Lärm nicht wäre.*

Persephones Leben purzelt aufs Papier. Ihre Finger sind jetzt rhythmisch begeistert und tragen das Gedachte mühelos in Wörter zusammen, in Wörter, die so klar und ohne Zittern daherkommen. Seite um Seite quellen ins Buch, lassen es wachsen, lassen es selbst laufen. Sie hört keine Geräusche, alles ist in den Hintergrund gerutscht.

Die Geschichte des Lebens ist es, die hier unaufhaltsam aufs Papier fällt, des Lebens von Hannes und Persephone.

Die großen Ereignisse streifend, verlieren sich die Erinnerungen in mikroskopisch kleine Begebenheiten am Rand des Alltäglichen, denen alle Aufmerksamkeit zuteilwird und die in ihrer besonderen Weise das Eigentliche zu sein scheinen.

Die Mondfäden haben ihre Leuchtkraft verloren. Hinter den luftzuggebeutelten Vorhängen schleicht sich die Nacht. Jetzt flüstert die Straße.

Persephones Stift stockt kurz vor dem Ziel, um dann mit großer Gebärde den Schlusspunkt zu setzen.

Es ist ihr, als hätte sie einen Marathonlauf bewältigt. Glücklich schließt sie das kleine Buch und atmet tief durch.

Langsam sickert fahles Morgenlicht durch die Gardinenspalten.
Der geschäftige Tag hat die Straße geweckt.

*Ich habe gut geschlafen, wunderbar!*
*Na, hab ich's nicht gesagt, man hat mich zu früh gerufen.*
*Immer nur Ärger mit diesen Aushilfskräften in den Zwischensta-*
*tionen.*
*Mach endlich das Fenster weit auf Persephone, damit ich mit*
*Schwung, und ohne mich durch enge Ritzen schlängeln zu müssen,*
*in meinem Apfelbaum verschwinden kann.*
*Diesmal hast du dich aus meinen Armen geschrieben.*
*Glückwunsch!*
*Nur um eins bitte ich dich, wenn du mich das nächste Mal rufst,*
*sieh zu, dass kein Vollmond ist, ja!*
*Und nun leb wohl!*

**Eva Prüße** *wurde im November 1948 geboren, war fast vierzig Jahre als Bankerin tätig, jetzt Rentnerin mit Hang zum Schreiben und Bücher machen.*

# Unvollendet


Glänzendes Kunsthaarteil
mit schwarzen Sonnenflecken
umspielt die infrarot erwärmte Stirn
auch Schattenseite des Gesichts
im luftdurchtränkten Raum

gegraben in wächserne Wangen
das unerschrockene Augenpaar
kajal-umrandet
und mit ausgezupften Brauen
saugt es kraftvoll
der Welt die Schönheit aus

der feingeschnittene Mund
ist Stütze hier und einzig Maß
fast wissend lächelt er
aus geisterhaftem Blau
der unverhüllten Maske zu
und bleibt noch stumm

gestreckte Körper schweben leicht
in weit entrückten Bahnen
durchdringen sich verschämt
und schauen doch in andere Sphären
ihr Wunsch lässt neues Glück erahnen
eh Unvollendete nun endet.


*Barbara Reer-Gröning wurde 1948 geboren, wohnhaft in Balve. Sie hat bereits etliche Veröffentlichungen in Anthologien vorzuweisen.*

# Wir sehen uns

Wütend schaute sie sich in dem tristen Gang um. Dieses Krankenhaus entsprach allen Klischees, die sie sich denken konnte. Es war alt, düster und deprimierend, zudem roch es in den Gängen muffig, irgendwie nach Krankheit. „Muss das wirklich sein! Hätte er sich nicht für eine andere Klinik entscheiden können?", murmelte sie vor sich hin. Doch eigentlich wusste sie ganz genau, dass es völlig egal war, in welchem Krankenhaus er sich befand. Er würde sterben.

Sie hatte die Wahrheit lange verdrängt, hatte immer noch gehofft, nicht geglaubt, was so offensichtlich war. Die Diagnose war schon lange bekannt: Krebs, in seiner bösartigsten Form. Er hatte einen langen Leidensweg hinter sich. Operationen, Chemotherapie, das ganze Programm. Doch bewahrte er während all der Jahre seine Lebensfreude, die Liebe zum Leben. Versuchte ein einigermaßen normales Leben zu führen.

Dann kam das endgültige Urteil mit einem Donnerschlag. Er sagte es mit seinen Worten: „Sie wollen mich in der Uniklinik nicht mehr sehen. Sie meinen, dass bei mir sowieso nix mehr zu retten ist. Was soll's, dann habe ich mehr Zeit für Frau und Kinder." Den letzten Satz sagte er ganz leise, mit seinem schiefen Lächeln, das in einem Mundwinkel saß, das sie so gut kannte.

Erst hatte sie gebetet. „Lieber Gott, lass ihn wieder gesund werden!" Nun bat sie: „Lieber Gott, bitte lass ihn nicht mehr so leiden. Gib ihm Ruhe und Frieden."

Es dauerte nicht mehr lange bis zu dem gefürchteten Anruf. Er war dieses Mal in einem kleinen Vorstadtkrankenhaus. Er hatte noch einmal eine Chemotherapie angefangen, doch die war erfolglos abgebrochen worden.

„Verdammt, sei nicht so feige!" Sie straffte unwillkürlich die Schultern, setzte ein mühsames Lächeln auf und öffnete die Zimmertür.

Er saß im Bett am Fenster, blickte ihr erstaunt entgegen. „Mit dir habe ich überhaupt nicht gerechnet."

„Da kannst du mal sehen, Bruderherz. Ich bin immer für eine Überraschung gut." Sofort war das vertraute Gefühl da. Die Geschwister hatten sich fast immer ohne Worte verstanden. Sie setzte sich auf die Bettkante. „Ich war gerade hier in der Ecke, da habe ich gedacht, besuchst du mal deinen doofen, großen Bruder."

Er schubste sie sanft. „Erst mal runter vom Bett, du Ziege. Setz dich gefälligst auf den Stuhl hier neben dem Bett, wie sich das gehört. Find ich klasse, dass du hier bist." Abrupt beendete er den Satz, griff neben sich nach dem bereitgestellten Eimer. „Tut mir leid, aber es geht nix mehr. Sie füttern mich durch eine Magensonde und es kommt alles oben wieder raus", erklärte er, nach Luft ringend.

Sie strich ihm sanft über den Rücken. „Ist ja schon gut." Sie konnte sich selbst nicht verstehen, war sonst so nah am Wasser gebaut. Jetzt war sie innerlich wie erstarrt, hielt ihn fest, half ihm, bis der Anfall überstanden war. Sie blieben lange Zeit still nebeneinandersitzen, hielten sich an den Händen, wussten beide, dass dies der Abschied war.

„Ich möchte dich nicht mehr sehen." Er entzog ihr sanft seine Hände, schaute sie ernst an. „Bitte besuche mich nicht mehr, denn ich möchte, dass du mich in Erinnerung behältst, solange ich noch das letzte bisschen Würde habe." Sie öffnete den Mund, wollte protestieren, doch er kam ihr zuvor. „Pass mal auf, du Ziege, du wirst zum letzten Mal auf deinen großen Bruder hören. Also hau jetzt ab und lass dich nicht mehr blicken."

Wortlos stand sie auf, fühlte sich immer noch ganz kalt und eisig. Sie würde später trauern und all den Kummer aus sich herausweinen, wissen, dass er ihr immer fehlen würde. Dass der Schmerz sich mit der Zeit mildern, aber nicht vergehen würde. Phantomschmerzen, wie nach einer Amputation. Die Türklinke schon in der Hand drehte sie sich noch einmal um. „Ich hab dich lieb", sagte sie leise.

„Bis dann, wir sehen uns", war die ebenso leise Antwort.

*Alizé Siffleur ist 49 Jahre alt und wohnt in Münster.*

# Zukünftiges Quartier

Ich sehne mich nach Hause zurück.
Dort, wo ich meine Kindheit verbrachte,
Dort, wo ich spielte, sang und lachte,
Wo die Vögel meine Freunde waren,
Was Grillen zirpten, wollte ich erfahren.

In Gedanken kehre ich dort oft zurück,
Doch meine Sehnsucht ist nur ein Traum.
Ich kann niemandem mehr vertrau'n.
Enttäuschungen fielen über mich her,
Das Zuhause des Kindes gibt es nicht mehr.

Als Greis muss ich nun auf neuen Wegen geh'n
Dunkle Wolken werden mit mir zieh'n,
und mich in eine Sackgasse führ'n
Dort wartet der Tod hinter der schwarzen Tür
und führt mich zu meinem zukünftigen Quartier.

**Hermann Bauer** *wurde 1951 geboren und lebt in seiner Geburtsstadt München. Seit 1988 Veröffentlichungen von Kurzgeschichten, Reisereportagen, Märchen und Lyrik in Büchern, Anthologien, Zeitschriften, Zeitungen und Kalendern in Deutschland, Österreich, der Schweiz, Frankreich und als Übersetzung in Vietnam.*

# Zu spät

Erika stand am offenen Grab ihres geliebten Johanns und warf eine Rose auf den Sarg. Trauer vermochte sich nicht bei ihr einzustellen, eher eine gewisse Freude. Wusste sie doch, dass dieses Begräbnis nicht das Ende bedeuten sollte, sondern einen neuen Anfang.

Seit fünf Jahres schrieben die Begräbnisverordnungen vor, dass auch Klone beigesetzt oder eingeäschert werden mussten. Kirche und Staat, Politik und Gesellschaft hatten vorab heftig und lange darüber diskutiert. Mit der Entscheidung, dass den Klonen alle Persönlichkeitsrechte zustanden, endete der öffentliche Disput abrupt. Denn es wurde bewiesen, dass die Klone nicht nur körperlich eine exakte Kopie waren, sondern auch geistig und seelisch.

Das industrielle Verfahren der Firma MediKlon wurde als Franchise in fast allen Städten mit mehr als 20.000 Einwohnern angeboten. Der Patentschutz lief noch einige Zeit und MediKlon hatte dadurch eine Monopolstellung in der westlichen Welt. In Osteuropa und Asien gab es Billiganbieter, die in der jeweiligen Heimat erfolgreich waren, sich aber im Westen keine Marktanteile sichern konnten. Hier präferierte der Kunde Markenprodukte und deren gesicherte Qualität. Geiz war in diesem Fall nicht geil.

Einen Körper zu züchten, der wie das Original aussah, war relativ einfach und seit dem Schaf Dolly ein vielfach erprobtes Verfahren. Die Entnahme der entsprechenden Zellen konnte jeder niedergelassene Arzt vornehmen.

Schwieriger war es, die Persönlichkeit eines Menschen zu speichern. Die Firma Goglee war mit dem Dienst *human memory* Vorreiter dieser Technologie. Große, schnelle Speichersysteme bildeten die Grundlage. In nur einer einzigen Sitzung von vier Stunden wurde vom Patienten mit einer Art EEG die Matrix seiner Persönlichkeit als Backup gespeichert. Zugegeben: Das Verfahren war eher zufällig entdeckt worden. Studenten verschiedener Fachbereiche hatten bei einer Party an einer schwedischen Universität im Selbstversuch herausgefunden, dass mit einem Scan der Inhalt eines Gehirns gespeichert werden konnte. Den Snapshot spielten sie bei einem anderen Kommilitonen ein – nicht ohne dessen Scan vorher ebenfalls zu speichern. Student Nummer zwei hatte dann die Persönlichkeit und Erinnerungen des ersten. Ein Rückspielen seiner Daten machte ihn wieder zu dem Menschen, der er vorher gewesen war. Es sollten dabei überaus große Mengen von hochprozentigen alkoholischen Getränken im Spiel gewesen sein ...

Der Grabredner sprach noch ein paar Worte und Erika ließ sich mit dem Taxi nach Hause bringen. Sie war 85 und hatte schon vor fünfzehn Jahren ihren Führerschein abgegeben.

Vor ihrer Haustür wartete schon der Lieferwagen von MediKlon. Der Fahrer stand vor dem Fahrzeug und paffte noch eine E-Zigarette. Auf seinem Overall war „Techniker" zu lesen. Die Seitentür öffnete sich und eine Frau, bekleidet mit einem weißen Arztkittel, rief ihm zu, dass er ihr doch endlich helfen sollte. Der Angesprochene verstaute sein Rauchgerät und packte mit an. Gemeinsam schoben sie ein geschlossenes Bett zur Haustür und klingelten.

Erika erreichte nur kurze Zeit später die Tür. „Sie kommen ja pünktlich", meinte sie und schloss auf.

„Wie immer ins Wohnzimmer?", fragte der Techniker, wartete die Antwort nicht ab und rollte das Gerät dorthin. Das Haus war seniorengerecht ausgestattet und es keine schwierige Aufgabe für ihn.

Die Ärztin klappte die Seitenwände des Bettes herunter und dort lag Johann, der aussah, als ob er schlief. Er war mit einem weißen Jogginganzug bekleidet. Ein paar Schläuche und Elektroden waren sehr dezent an ihm befestigt. Erika kannte die Prozedur ja schon, schaute aber immer wieder gebannt zu. Johann hatten sie erst mit 83 Jahren speichern lassen und so sah er auch aus. Natürlich hätte man seine Persönlichkeit auch in einen jüngeren Körper transferieren können, doch dies wollte Erika nicht. Was sollte sie schon mit einem alten Kerl in einem jungen Körper anfangen. Für die gewissen Dinge gab es doch die bekannten blauen Pillen.

Nein. Johann sollte so aussehen, wie er nun aussah.

Die Ärztin sagte, sie wäre soweit. Der Techniker aktivierte einen virtuellen Bildschirm am Bett. Eine Vielzahl von Kurven und Daten wurden angezeigt.

„Sieht alles sehr gut aus“, antwortete er.

Er schloss zwei dünne Glasfaserkabel an die Elektroden am Kopf des alten Mannes an. Mit einem einzigen Fingerzeig aktivierte er die Rücksicherung.

„Das Verfahren ist noch einmal verbessert worden. Die Grundeinstellungen benötigen nur 15 Minuten, dann wacht er auf. Der Rest wird über WLAN innerhalb von knapp drei Stunden aus der Cloud nachgeladen. Die nahen Erinnerungen kommen zuerst, die Sachen aus der Kindheit später.“

Erika wusste, dass eine Modifikation dieser Hirndaten gesetzlich immer noch nicht gestattet war. Zu gerne hätte sie bei Johann einige Erinnerungen beseitigt, vor allem die an seine Freundinnen, die er kannte, bevor sie ihn geheiratet hatte.

Sie bot einen Kaffee an, der aber dankend abgelehnt wurde.

Nach einer Viertelstunde reckte sich Johann, gähnte herzhaft und sah sich um.

„Was ist passiert?“, fragte er.

„Sie waren tot“, antwortete die Ärztin. „Doch nun sind Sie wieder bei uns. Sehen Sie, hier ist Ihre Frau.“

Erika winkte und Johann strahlte sie an.

„Das ist ja schön“, sagte Johann. „Darf ich aufstehen?“

„Aber sicher doch! Sie sind nicht krank“, erwiderte die Ärztin.

Mit knackenden Gelenken setzte sich Johann auf und ließ die Beine vom Bett baumeln.

„Mann, habe ich einen Durst“, stellte Johann fest. „Ein Bier wäre nicht schlecht.“

Die Ärztin sagte, dass dies jetzt noch nicht ginge, aber heute Abend dürfte er ein erstes Helles zu sich nehmen.

Erika brachte ein Glas Wasser aus der Küche. Gierig trank Johann und rülpste leise.

Der Techniker hatte die ganze Zeit auf den Monitor geschaut und nickte seiner Kollegin zu. Er zauberte ein kleines Webpad aus einer Tasche seines Overalls und bat Erika, den Empfang zu bestätigen. Erika drückte ihren Zeigefinger auf das eingebaute Lesegerät.

„Sie bekommen eine Kopie in ihr Postfach zugestellt. Das Geld wird im Laufe der nächsten Tage abgebucht.“

Der Techniker kabelte Johann ab und steckte eine kleine Schachtel in eine der Taschen des Jogginganzuges.

„Wenn es dreimal piept, ist die Übertragung abgeschlossen. Sie können das Gerät dann einfach über den Hausmüll entsorgen", gab er noch eine letzte Instruktion. Die Ärztin klappte die Seitenteile des Bettes hoch. Beide verabschiedeten sich von Erika.

Als alles im Lieferwagen verstaut war, sagte die Ärztin leise zum Techniker: „Spätestens in einem Jahr sind wir wieder hier. Der Klon macht es nicht länger."

„Sie haben ihn halt zu spät speichern lassen, sonst könnte Johann länger leben. Lass uns zur Firma fahren und Feierabend machen."

Erika winkte dem Lieferwagen vom Wohnzimmerfenster nach.

„Ist das nicht schön", sagte sie zu Johann. „Schalte du mal den Fernseher ein, ich mache uns in der Küche ein paar Schnittchen."

Kurze Zeit später kam Erika aus der Küche. Sie balancierte ein Tablett und stellte es auf dem Wohnzimmertisch ab. „Ich hole uns noch zwei Bier. Dann kann die Party losgehen."

Draußen war es schon dunkel geworden und Johann öffnete sich noch eine dritte Flasche Pils. Erika saß in ihrem Sessel und tat einen tiefen Seufzer. Ihren letzten. Johann schlurfte zu ihr und stellte fest, dass sie wirklich keinen Puls mehr hatte.

„Anruf MediKlon", rief er in die Luft. Kurze Zeit später meldete sich eine freundliche Dame.

„MediKlon. Es spricht Frau Müller. Wie können wir Ihnen helfen?"

„Abruf Vertrag 2347800. Erika Szepinski."

„Herzliches Beileid, Herr Szepinski. Wir werden uns um alles kümmern. Die Beerdigung Ihrer Frau ist in zwei Tagen um 12 Uhr. Der neue Klon wird dann von unserem Serviceteam pünktlich um 14 Uhr geliefert. Alles wie beim letzten Mal. Eine Frage noch: Haben sich Ihre Kontodaten geändert?"

*Ralf Boldt* *wurde am 11.06.1962 in Ostfriesland geboren, lebt mit seiner Frau, drei Katzen und einem Rudel Hunde im schönen Ammerland. Die drei Kinder sind mittlerweile flügge geworden und wohnen nicht mehr zu Hause. So bleibt manchmal etwas Zeit zum Schreiben.*

# Der Tod,
# der treue Begleiter

Ich erblickte an einem eisigkalten Wintertag die Welt. An diesem Tag war alles kalt. Man spürte die Kälte der Nachkriegszeit, die Kälte der Menschen unserer so rauen Gegend und selbst der Arzt, der meiner Hausgeburt hinzugezogen wurde, meinte eiskalt, dass ich nicht sehr lange überleben würde. Das war meine erste Begegnung mit dem Tod. Irgendwie hatte ich es mit Hilfe meiner Mutter doch geschafft, ihm zu entkommen.

Ich wuchs zu einem ernsten Kind heran. Zu lachen hatten wir nämlich in unserer so rauen Gegend wirklich nicht viel. Wir Kinder wurden von Eltern und Schule schlagkräftig autoritär erzogen. Auch der Herr Pfarrer mischte mit, wenn es um das Austeilen von Ohrfeigen ging.

Die Begräbnisse in unserem Dorf fand ich schön. Tote Menschen konnten nicht prügeln. In meinen ersten Lebensjahren gab es noch das romantische Pferdegespann als Transportmittel für den Weg des Verstorbenen zur Kirche und dann zum Friedhof. Die Gefühle der trauernden Menschen, die dem eleganten schwarzen Pferdewagen folgten, waren geteilt. Die ersten im Trauerzug weinten meistens, die in der Mitte sagten gar nichts und die letzten dürften blöde Witze erzählt haben, wenn man sie lachen hörte. Als alle Pferde in unserem Dorf auch verstorben waren, kam dann so ein modernes schwarzes Auto zum Einsatz. Es fuhr aber auch nicht schneller als einst der Pferdewagen und mein so geliebtes Kinderlied *MAMAT-SCHI* mit der letzten so herzhaft traurigen Strophe „Trauerpferde wollt' ich nicht" wurde endgültig Geschichte.

Gab es ein Begräbnis in der Familie, hatte man die Chance, wieder einmal all seine Verwandten zu sehen. Von denen bekam ich meistens großes Lob, ein artiges Kind geworden zu sein. Das war für mich Balsam auf meine triste Kinderseele und ein Garant für meine Eltern, dass man ein Kind durch Prügel brav machen konnte. Ich mochte noch viel mehr das gute Essen im Wirtshaus danach und die dann weitaus lustigere Stimmung, die beim netten Zusammensein halt so aufkam.

So richtig sterben wollte ich in dieser Zeit noch nicht, auch wenn ich mir das Sein im Himmel viel schöner als das Leben auf unserer Erde vorgestellt hatte. War dieser Himmel doch so weit weg. Unser Herr Pfarrer erzählte uns Geschichten, aus denen ich entnahm, dass unser Gott ein fürchterlich strafender Gott war. Als Sünder konnte man schlimmstenfalls der Hölle oder bestenfalls dem Fegefeuer für sichere Zeit nur dann entkommen, wenn man am Leben blieb. Wer war schon kein Sünder, wenn er oder sie nicht gerade von der Beichte aus der Kirche kam? Am Weg nach Hause lauerten schon die nächsten Sünden. Sagte doch Jesus, wer frei von Sünde wäre, werfe den ersten Stein. In unserem Dorf warf nie jemand mit Steinen! So taten mir all die Menschen doch leid, die keine Zeit mehr zum Beichten hatten, oder die letzte Ölung nicht mehr bekamen, noch bevor man sie auf diesen Hof des Friedens brachte. So mancher wurde viel zu schnell vom Sensenmann, dem Tod, überrascht.

Gelegentlich ereignete es sich in unserem kleinen Dorf, dass sich jemand das Leben nahm. So ein unglücklicher Mensch tat mir dann außerordentlich leid. Die Hölle war für ihn bereits schonungslos vorprogrammiert und der Herr Pfarrer kam gar nicht erst mit auf den Friedhof, um für seinen Frieden zu beten.

Die Zeit verlief so dahin, ich wurde immer älter und wuchs zu einem in sich gekehrten Jungen heran. Auf einem kleinen Bauernhof aufgewachsen, taten mir all die Tiere leid, die für unsere Familie ihr Leben lassen mussten. Jeder Tod eines Tiers ging mir sehr zu Herzen. Diesem Fiasko entkam ich, als mir meine Eltern erlaubten, doch nicht Bauer zu werden, sondern als Lehrling einen anderen Beruf zu erlernen, in dem es nichts zu morden gab. Das Thema Tod war für mich vorübergehend ad acta gelegt, doch nicht die Ohrfeigen, die man auch vom Chef bekam, wenn man nicht brav genug war.

Die Jahre vergingen, ich reifte zum braven, erwachsenen Menschen heran und wusste noch nichts vom Unglück meiner sich anbahnenden Depressionen. Noch schliefen sie in mir. Oft wurde ich als Kind von meinen Eltern geschlagen. Gefürchtet war mir die Rute, der Stock oder der Riemen. Diese Requisiten der Erziehung hinterließen nicht nur äußerliche Spuren an meinem Körper, sondern auch schmerzhafte Spuren für immer in meiner so zarten Kinderseele.

Nach einigen Jahrzehnten meines Lebens mutierte ich zum Melancholiker. Ich träumte von einem großen schwarzen Vogel, der mich durch die Lüfte schnurstracks in den Himmel bringen sollte. Der Tod wurde mir nun zum Freund. Als mich dann noch beruflicher Stress ins Burn-out schlittern ließ, erwachten in mir schlummernde Depressionen. Mein Wunsch zu sterben nahm von Tag zu Tag zu. Ein Freund, dem ich mich anvertraute, riet mir, mich zum Arzt zu begeben. Moderne Medikamente und psychotherapeutische Behandlungen brachten meine Erkrankung unter Kontrolle. Ich begann Abstand zum Tod zu gewinnen.

Glaubte ich, meine Krankheit endlich im Griff zu haben, quälten mich Albträume und der Tod wurde mir ungewollt zum Begleiter. Noch wusste ich nicht, dass eine gefährliche Bombe in meinem Körper schlummerte.

Da kam der Tag, an dem ich im Krankenhaus landete. Ein unbarmherziger, heimtückischer Krebs hatte sich in meinem Körper eingenistet. Für mich schien es die letzte Station meines Lebens zu sein. Es wurde mir klar, dass mich der Tod besuchte, nach dem ich einst gerufen hatte. Es war ein Tag, an dem ich selbst über Sein oder Nichtsein entscheiden konnte. Ich konnte wählen, nichts zu tun, um zu sterben. Ich konnte aber auch die Entscheidung treffen, mir helfen zu lassen, mit geringer Chance vielleicht doch überleben zu dürfen.

Ich war so gerührt, wie nett sich Ärzte und Pflegepersonal um mich kümmerten. Es wurde mir auch bewusst, dass mich meine Familie noch immer brauchte. Ich fühlte nun Gott als den nicht strafenden, sondern als einen liebenden Gott, der mich zum Überleben ermunterte. Ich entschloss mich für einen Kampf um das Überleben. Ich beschloss, den Tod energisch abzuschütteln.

Was ich zu dieser Zeit noch nicht wusste war aber, dass dieser Kampf über ein langes Jahr dauern sollte. Auf eine geglückte Operation folgte eine schmerzhafte Chemotherapie. Nach dem siebten Monat meiner Behandlung war ich völlig abgemagert und blickte geradewegs wieder dem Sterben entgegen.

Der liebe Gott gab mir aber zu verstehen, dass ich dennoch weiterkämpfen sollte. Nach weiteren sechs Monaten durfte ich meine

Krebserkrankung als überstanden betrachten. Nach 1200 gezählten Stunden, in denen unbarmherzig die ätzende Chemo durch meine Venen floss, war der Krebs restlos zerstört. Ich besiegte Gevatter Tod und meine Einstellung zum Leben veränderte sich schlagartig.

Ich habe durch Gott wieder Liebe zum Leben gefunden, wobei sich aber die Liebe zur Kirche sehr in Grenzen hält. Mental ist mir der Tod in die weite Ferne gerückt, seitdem ich mein Leben ein zweites Mal leben darf, wobei die Betonung mir immer auf das Dürfen liegt. Der Tod wird nach wie vor mein Begleiter sein, doch lasse ich ihn, diesen Tod, sich jeden Tag aufs Neue ganz weit nach hinten anstellen!

*Erich Bruckner, 64 Jahre alt, wohnt in Wien, ist in Pension und nutzt die Zeit zum Schreiben, wenn er sich dazu inspiriert fühlt.*

# Gespräch mit einem toten Freund

„He Freund, erinnerst du dich noch. Damals vor über 50 Jahren, als wir nach der Schule zusammen auf dem Trafokasten saßen und uns in jugendlicher Philosophie übten. Ach, war das peinlich, als wir uns klar wurden, dass Erwachsene Sex machen – und wie sie es machen, und dass wir ein Produkt solcher Tätigkeiten sind. Nicht minder erschreckt hat uns die Erkenntnis, dass ohne Geld gar nichts geht. Dass wir mehr verdienen müssten als unsere Eltern, wenn wir unsere hochfliegenden Vorstellungen verwirklichen möchten."

Damals hat – zumindest für mich – alles begonnen: das eigentliche Leben, mit allem, was es bis heute lebenswert gemacht hat. Aber auch gleichzeitig die Problemchen und Sorgen der Erwachsenen. Zwar haben sie mich nicht groß beeindruckt. Schnell habe ich gelernt, dass der Hauptteil davon nur Aufgaben sind, die uns vom Leben gestellt werden.

Im Gegensatz zu mir kamst du aus gutem Hause. „Otto", hast du immer gesagt, „wenn du es im Leben zu etwas bringen willst, musst du Stil und Kultur haben – und in der Schule mehr lernen." Ich hatte beides nicht und die Schule fand ich stinklangweilig. Ehrlich gesagt, ich konnte weder mit Stil noch mit Kultur etwas anfangen. Für mich gab es nur Interessen und Ziele. Für das Erste lebte ich und das Zweite verfolgte ich mit einer Hartnäckigkeit ohnegleichen.

„Aber Freund, sag mir, was hast du aus deinem Leben gemacht? Zwar habe ich dich lange nicht mehr gesehen, aber ich habe vieles von dir gehört. Erfreuliches." Und ich dachte, er hat es wirklich geschafft. Aber dann kamen auf eine Frage nach dir von unseren gemeinsamen Bekannten ausweichende Antworten. Und noch später: Trauriges, das mich erschreckte und nachdenklich stimmte. Ich wollte es nicht glauben, denn ich habe dein Auftreten und deine Gewissenhaftigkeit genau so bewundert, wie du meine überbordende Fantasie. Ich war sicher, dass aus dir ein großer, erfolgreicher Geschäftsmann würde. Deine Seriosität hatte mich ebenso beeindruckt, wie deine konsequente Haltung. Eine Frau mit Kind zu heiraten, braucht Mut, den hätte ich nie gehabt. Aber eben – wir waren verschieden.

Meine Waghalsigkeit, Dinge zu tun, die ich nie zuvor gemacht hatte, das hätte dann deinen Mut überstiegen. Für mich warst du immer der geborene Banker: sachlich, cool, kritisch und so seriös, wie ich nie sein würde. Ich war sachlich, wenn es um eine Sache ging, aber sonst – mein Gott , ich brauchte einfach die Freiheit im Denken, das geistige Abschweifen ins Irreale, das Leben in Fantasiewelten, Höhen und Tiefen, um die Unterschiede auszuloten.

Coolness? Ich weiß, damit hast du nicht nur die Frauen, sondern deine ganze Umgebung beeindruckt. Nicht zuletzt darum hat man dich respektiert. Ich musste immer um Anerkennung kämpfen. Nicht zuletzt darum, weil mir deine Coolness fehlte. Ich lebte meine Emotionen aus, hatte keine Lust sie zu verdecken. Ich war für meine Umgebung immer ein offenes Buch. Meine Offenheit wurde zwar meistens schlecht honoriert, doch ich konnte damit leben. Aber kritisch war ich auch, nicht aus Grundsatz wie du: Für mich ist Kritik ein Lernprozess, der bis an mein Lebensende andauern wird. Hinterfragen und meine Meinung revidieren ist mir wichtiger, als Grundsätze und eine Linie zu haben. Ja gut, ich höre deine Botschaft noch heute: Konsequenz. Aber sag mal, hat sie dich glücklich gemacht? Hättest du damals geahnt, wo deine so bewunderte Haltung enden würde?

Einverstanden. Die Tiefs blieben auch mir nicht erspart. Ich habe mir mein Leben lang Gruben gegraben und bin mit offenen Augen hineingefallen. Aber ich hatte auch immer wieder die Kraft, mich aus den Gruben zu befreien. Nun ja, es ist kein Honiglecken, wenn du zwanzig Jahre lang den Rand hoch über dir siehst, und dir bei jedem Tritt der Sand unter den Füssen wegrutscht. Ein lausiges Gefühl, gleich einer Ameise im Bau eines Ameisenlöwen. Aber wenn du dann wieder oben bist, ist dir ein neues Leben geschenkt. So habe ich nicht nur einmal, sondern viele Male gelebt.

Schade, dass ich dich so manches Jahr nicht mehr gesehen habe. Wir hätten uns einiges zu erzählen gehabt. Ich habe damals viel von dir gelernt. Nein, nicht so, wie du denkst – ich bin meine Wege gegangen. Aber deine Ermahnungen fielen trotzdem auf fruchtbaren Boden. Ich habe sie hinterfragt, unsere Charaktere und unsere

Lebensweisen verglichen und bin dadurch zum wertvollen Schluss gekommen, dass gute Ratschläge nichts taugen. Dafür muss ich dir heute noch danken. Dass man Kartoffeln nicht mit Äpfeln vergleichen kann, musstest wohl auch du – als der Gescheitere von uns beiden – erst später lernen.

Wirklich schade, dass wir uns nicht öfter gesehen haben. Wie gerne hätte ich dir geholfen! Nein, eben nicht mit guten Ratschlägen, aber es hätte mich glücklich gemacht, dich mit meiner starken Hand aus deiner Grube zu ziehen.

Aber nein, das wäre bereits zu spät gewesen. Warum haben wir uns nicht öfter gesehen? Vielleicht hätte ich wirklich die Kraft gehabt, dich von deinem unwiderruflichen Sprung in die Grube abzuhalten.

*Otto Dürst*

# Letzte Ruhe

Dort unter der großen Eiche
am Furchweg,
wo der Fuchs und der Hase im Morgengrauen
ihre Absprachen treffen,
wo der Riesen-Schwingel
die Wald-Zwenke in Schutz nimmt
und das Hexenkraut für Ordnung sorgt.
Dort wo der Hirschkäfer
seine Geliebte umschmeichelt
und, einen Steinwurf entfernt,
der Dachs sich abmüht.
Wo die Sonne am Morgen
durch das Blätterwerk drängelt
und ihre milden Strahlen
auf die Kräuter legt,
nicht weit weg vom schattigen Weiher,
der im glühenden Sommer
für kühle Brisen sorgt.
Dort wo der Kauz murmelt
und das Eichhörnchen sich räkelt,
möchte ich begraben werden
am Ende meiner Tage.

*Manfred Enderle wurde 1947 in Unterfahlheim geboren, lebt heute in Leipheim-Riedheim. Er veröffentlichte bereits einige Bücher.*

# Federschwer

Auf meinem Beifahrersitz ist Karl-Heinz. Karl-Heinz ist tot.

Er ist nicht in meiner Hand gestorben wie seine Partnerin vor ihm, ja, nicht einmal in meinem Beisein. Als ich nach Feierabend in die stille Wohnung kam, lag er auf dem Boden der Voliere, auf dem Bauch, das Gesichtchen Schnabel voran im Buchenholzeinstreu, das himmelblaue Muster auf seinem Gefieder unbewegt. Das war das Erste, was ich wahrgenommen habe – das Wellenmuster, dem diese Vögelchen ihren Namen verdanken. Fast nie haben wir das Muster so still bewundern können. Kleiner Zappelvogel. Unser Karl-Heinz. Er war nie mein Karl-Heinz, auch nicht, nachdem du gegangen bist.

Ich stand da und fing an zu weinen, traute mich fast nicht, ihn aus der Voliere zu nehmen. Ich weinte nicht um Karl-Heinz, ich weinte um dich, zum ersten Mal um dich. Um uns.

Ich schließe die Hände fester um das Lenkrad, kneife die Lippen aufeinander, bis es wehtut. Das darf es ruhig, wehtun. Auch wenn es das schon Monate nicht mehr getan hat. Die Stille dröhnt in meinen Ohren. Kein Autoradio, keine CD. Kein Vogelgezwitscher. Ich fahre den Weg wie von selbst. Wie oft bin ich diese Strecke gefahren? Zu deinem Elternhaus, dorthin, wo du auch wieder gewohnt hast, nachdem ich uns den Todesstoß versetzt habe.

Um Karl-Heinz haben wir uns gekümmert. Um uns zu wenig. Was hätte uns auch eine Wärmelampe geholfen, alle zwei Stunden füttern aus der Plastikspritze? Was Karl-Heinz hilft, wussten wir, wussten andere, konnten uns Anweisungen geben. Wir konnten es aufschreiben, die Medikamente besorgen, den Brei anrühren. Den Wecker stellen und uns mit dem nächtlichen Aufstehen abwechseln.

Dass auch wir Wärmelampe und Plastikspritze gebraucht haben, hat uns keiner sagen können. Wir haben es nicht einmal bemerkt. „Es hat einfach nicht mehr funktioniert." Keinem Paar, das seine Trennung mit diesen Worten begründet, habe ich sie jemals abgenommen. Und dann sind auf einmal genau diese Worte alles, was mir überhaupt einfällt.

Viel gesagt habe ich nicht. Geweint auch nicht. Ich habe fast den ganzen einstündigen Spaziergang gebraucht, um den Mut dafür zusammenzunehmen. Kurz haben wir gestritten, geschrien. Der Rest war Kälte. Erde, die auf uns herabfiel.

Als wir Trudy beerdigt haben, hast du mich gehalten, hast von hinten einen Arm fest um meinen Oberkörper gelegt. Wir fühlten uns sehr verbunden in diesem Moment. Auch um Trudy haben wir uns gekümmert – bis wir vor dem Tierarzt im Behandlungszimmer gemeinsam die Entscheidung trafen. Vernünftig. Das Beste für sie. Das hat nicht so wehgetan wie das Beerdigen. Das erste Schäufelchen Erde auf den kleinen, grünwellig-gemusterten Vogelkörper machte es real. Erst Trudy, als noch alles gut war. Jetzt Karl-Heinz. Jetzt ist nichts mehr gut.

Als du deine Sachen aus unserer Wohnung abgeholt hast, fühlte sich das an wie eine Schaufel Erde.

Mein Auto hält vor dem Reihenhaus deiner Eltern. Ich will das nicht alleine tun, auch Karl-Heinz mit Erde bedecken. Für mich gibt es nur diese eine Möglichkeit: wir beide gemeinsam. Wie bei Trudy.

Deine Mutter öffnet mir ahnungslos die Tür. Ihr freundliches Gesicht erstarrt für einen Moment, als sie mich erkennt, dann öffnen sich ihre Lippen zu einem reservierten Lächeln. „Nina! Das ist ja eine Überraschung! Wie lange ist es jetzt her …?"

Mein Blick huscht kurz zu Boden. „Fast sieben Monate." Als ich wieder aufblicke, blinzle ich mehrmals. Nicht nur dich habe ich verloren, auch deine Familie, im Lauf der Jahre zu einem Teil meiner eigenen geworden. Von heute auf morgen ist nicht nur ein Mensch aus meinem Leben verschwunden – obwohl ich doch nur einem Menschen gesagt habe, dass ich nicht mehr mit ihm zusammenleben möchte.

„Kann ich etwas für dich tun?" Der Tonfall ist höflich. Ich wünsche mir die alte Verbundenheit zurück.

„Sorry, dass ich hier so auftauche und mit der Tür ins Haus falle … Ben ist nicht da?" Ich versuche einen Blick hinter sie zu erhaschen, ob vielleicht deine Schuhe im Flur stehen. Dein Auto habe ich nicht gesehen; eigentlich kenne ich die Antwort schon.

„Ben ist ausgezogen." Ihr Lächeln wird schmallippiger. Nur drei Worte und so viel mehr schafft sie doch, in diese drei Worte hineinzulegen.

Ich zögere einen Moment. „Kannst du ... kannst du mir vielleicht seine Adresse geben? Ich habe seine Nummer nicht und ... na ja, es wäre mir wichtig. Ich muss mit ihm sprechen."

Deine Mutter seufzt. Sie schüttelt den Kopf. „Das ist nicht meine Entscheidung. Ich kann dir nicht einfach seine Adresse geben." Sie mustert mich. „Hör mal ..."

Ich mache eine kurze, fahrige Handbewegung, mehr unbeholfenes Zucken als wirkliche Geste. Aus meinem Auto hole ich die kleine Pappschachtel, darin die Serviette mit Lavendelmotiv, damit Karl-Heinz nicht so ... nicht so verloren aussieht. Es erscheint mir fast bittend, wie ich sie vor mich halte, sodass deine Mutter hineinsehen kann.

„Ich muss ihn einfach mit ihm zusammen beerdigen", flüstere ich.

Etwas in deiner Mutter wird weich, das kann ich sehen. Als es Karl-Heinz so schlecht ging, hat sie uns besucht, hat den kleinen Wellensittich unter der Wärmelampe gestreichelt, uns beim Füttern geholfen. Es hat sie sehr mitgenommen – und sie war genauso erleichtert wie wir beide, als er endlich über den Berg war.

„Oh", macht sie nur und streckt kurz die Hand aus, zieht sie jedoch rasch wieder zurück.

„Es war einfach seine Zeit", sage ich leise.

Sie dreht sich um, nestelt etwas an der Anrichte herum und reicht mir dann ein blassrosa Post-it, eine Adresse daraufgekritzelt. „Es tut mir leid", sagt sie.

Ich bedanke mich schnell; mehr als ein paar Floskeln wechseln wir nicht mehr. Ich muss los, es ist fast eine Dreiviertelstunde Fahrt bis zu deiner neuen Adresse. Warum bist du so weit weggezogen? Auf der Fahrt halte ich die Stille nicht mehr aus. Ich schalte das Radio ein. Das Geplapper soll sich wie ein kühlendes Tuch auf die Schwere hinter meiner Stirn legen, doch schafft es nicht.

Wir müssen sterben, ja. Was ist mit all den Toden davor? Am Ende unseres Lebens steht nur der letzte Tod in einer fast nicht zählbaren Reihe. Beziehungen sterben. Wünsche sterben. Zukünfte sterben. Erinnerungen sterben. Wer wir einmal waren. Wer wir hätten sein können. Mit jedem Ticken im Uhrwerk ein kleines Vogelherz, das aufhört zu schlagen.

Die Erinnerungen an dich und an uns fluten mich. Karl-Heinz liegt neben mir in seiner Schachtel. Und ich bin es, die alleine ist. Ein einzelner Wellensittich. Keine noch so große Voliere kann das ändern. Ein frei fliegender Vogel ist nie einsam.

Ich schüttele den Kopf. Es ist ein Wunder, dass ich keinen Unfall baue, so unaufmerksam, wie ich momentan bin.

Fast verpasse ich deine Ausfahrt. Das Navigationsgerät lotst mich durch die Stadt. Ich versuche nicht an die Rückfahrt zu denken, du hoffentlich auf dem Beifahrersitz, Karl-Heinz auf deinem Schoß. Versuche nicht daran zu denken, wie wir in Opas Garten die kleine Schaufel aus der Truhe holen, wie wir unter den Birken ein wenig Erde ausheben. Wie wir unseren Karl-Heinz dort hineinlegen. Wie die erste Schaufel Erde auf die Lavendelserviette fällt.

Die Eingangstür des Mehrfamilienhauses steht offen. Ein älterer Mann mit Strohhut arbeitet im Vorgarten in den Blumenbeeten. Eine ganz andere Art des Grabens. Ich nicke kurz höflich und ignoriere den Blick des Herrn auf das, was ich behutsam zwischen beiden Händen halte. Ich habe Karl-Heinz aus der Schachtel herausgenommen, auch aus der Lavendelserviette. Warum, könnte ich nicht sagen.

Im Treppenhaus ist es kühl. Doch es ist die Kühle zwischen meinen Handflächen, die mich aufwühlt. Totenstarre ist etwas Seltsames. Die Federn sind noch immer weich. Doch alles darunter ist starr. Erstarrt. Wie nicht echt. Es fühlt sich nicht mehr an wie ein Vogel. Nichts Lebendiges ist in dem, was ich in der Hand halte. Ich sehe Karl-Heinz nicht mehr. Er ist fort.

Der Geruch in dem alten, mit Teppich ausgelegten Treppenhaus ist leicht muffig, Porzellanfiguren stehen auf jeder Fensterbank. Vor dem Klingelschild mit deinem Namen bleibe ich stehen. Dass du in so einem Haus wohnst …

Mein Herz schlägt nicht sonderlich viel schneller, doch jeder einzelne Schlag fühlt sich an, als wollte er es mir aus dem Brustkorb sprengen.

Ich starre auf den Vogelkörper in meinen Händen. Der federleichte Vogelkörper, der mich dennoch fast zu Boden zieht. Noch nie habe ich etwas so Schweres in den Händen gehalten. Ich lasse

Karl-Heinz in die linke Hand gleiten, hebe die rechte, um an deine Tür zu klopfen. Vor dem ersten Schlag von Fingerknöchel auf Holz halte ich noch einmal inne.

Von drinnen erklingt ein Frauenlachen.

*Lily M. Neumeier* wurde 1987 in Leonberg in Baden-Württemberg geboren. Sie hat selbst zwei Vögel, die Teil ihrer Familie sind. Neben der Liebe zur Natur und zu Tieren zeichnet sie auch die Liebe zum geschriebenen Wort besonders aus. Mit fünf Jahren brachte sie sich aus reiner Neugier („Papi, was steht da?") selbst das Lesen bei und seitdem sind Bücher und Geschichten aus ihrem Leben nicht mehr wegzudenken. Sie ist aktives Teammitglied einer Online-Schreibgruppe. In ihrer Freizeit arbeitet sie an einem eigenen Roman.

# Nach meinem Tod

Ich habe einen Roman geschrieben, der unfertig auf dem Schreibtisch liegt. Die Manuskriptseiten sind fein gestapelt, werden von einer Bogenlampe bestrahlt. Alle Vorhänge im Schreibzimmer sind zugezogen. Meine Frau Gitti könnte sich gerade in der Küche aufhalten und ein Schnitzel braten. Töchterchen Luiza hat sich mit Sicherheit vor wenigen Minuten zur Schule aufgemacht. Der Alltag ist alltäglich, er lässt sich nicht leicht verändern – Eingefahrenes bleibt einfach.

Natürlich ist mir der neue Roman immer noch wichtig! Rückblickend empfinde ich einen gewissen Stolz, das darf ich sagen. Denn ich habe mein ganzes Herzblut in ihn investiert. Viel Zeit und Mühe hat er gekostet. Aber ob der Roman, unfertig wie er ist, veröffentlicht werden wird? Da ich kein berühmter Schriftsteller bin, wird ein Fragment nicht gut beim Leser ankommen, vermute ich. Ich hoffe trotzdem sehr, dass die baldige Veröffentlichung erfolgt. Soll mein Verleger sich sputen – ich verlange es!

Leider kann ich ihm derzeit keine guten Ratschläge mehr erteilen oder ihn unter Druck setzen. Mir ist nicht danach. Wahrlich, ich bin in einer außergewöhnlichen Lage, da ich nicht mehr bin.

Nicht mehr bin?

Nun ja, recht einfach ist das. Tatsache: Heute habe ich meinen letzten Atemzug getan, ich glaube, dass ich im Augenblick jemand bin, den man als tot bezeichnen könnte. Oder?

Ich horche in mich hinein: aha! So ist das! Ich bin auf dem Weg. Das ist mir jetzt klar, jeder Zweifel kann ausgeschlossen werden. Mein Weg führt mich von der Erde fort, jedenfalls von ihrer Oberfläche mit Wald, Haus und Berg.

Mein letzter Atemzug hat mir keinen Spaß mehr gemacht, überhaupt waren die letzten Monate nur noch anstrengend. Die Krankheit hat mich langsam aufgefressen. Ich habe mich gefragt, wie lange diese ganze üble Zeit noch dauern wird.

Schade, dass ich keinen Sekundentod habe sterben dürfen! Speziell dies lässt mich immer wieder ins Grübeln verfallen. Das sollen andere aber möglichst nicht mitbekommen! Momentan befinde ich mich auf dem Weg *Nirgends*, wo meine Zeit als Schriftsteller und Hobby-Blütenmacher nicht sonderlich gefragt sein dürfte, weshalb ich weder praktische Anleitungen, Berichte noch Dichtungen darbieten werde. Bislang hat mich auch keiner nach dieser Dienstleistung gefragt. Gern würde ich bald ein paar Märchen erzählen, doch die Personen (sind es Personen?), die hier, in dieser sphärischen Region materieller Deformation das Sagen haben, zeigen in meiner Gegenwart wirklich offen Desinteresse an meinen Werken.

Meine schönen Jahre als kreativer Mensch, gerade auch als mehr oder weniger erfolgreicher Blütenmacher, werde ich immer in Erinnerung behalten, egal wo ich mich aufhalte. Im Himmel. In der Hölle. Im Zwischenreich – hier, wo alles deformiert ist. Oder es nur zu sein scheint. Im Grunde sollte mir inzwischen das meiste, wenn nicht alles, gleichgültig sein oder es bald werden. Ich bin vielleicht nur mein eigener Gedanke. Jedenfalls bin ich nicht mehr!

Meine Zeit auf Erden ist vorbei, daran zu zweifeln, wäre unrealistisch! Möglicherweise habe ich als Erdenbürger meinen lieben oder weniger lieben Mitmenschen Probleme bereitet. Der Gedanke daran beunruhigt mich. Was mir damals als Selbstbewusstsein erschien, halte ich jetzt eher für Arroganz. Alte persönliche Erfolge kommen mir wie ein Reigen von Schattenketten vor, die nichts bedeuten. Hier, wo ich mich gerade aufhalte, braucht es allerdings eine gehörige Portion Selbstbewusstsein, um durch die Sphäre zu kommen, die von diversen Personen, eben sicher bösen Geistern, nur so wimmelt. Sie wollen mich, eventuell durch Anwendung von Zwang und Gewalt, von hier entfernen. Oder bilde ich mir das nur ein?

Liebend gern würde ich sie alle umbringen!

Aber derartiges lässt sich hier nicht durchführen. Vielleicht werde ich meine Tätigkeit als erfolgloser Schriftsteller wieder aufnehmen. Da hätte ich einen seelischen Ausgleich, der mich wenigstens in mich hinein führt und wieder aus mir heraus führt. Ich liebe diese Tätigkeit.

**Kay Ganahl**

# Ungerecht? Ungerecht!

Neununddreißig Jahre hatte sie weder geraucht noch getrunken. Sie joggte dreimal in der Woche und bemühte sich, ihre Familie und sich gesund zu ernähren. Sie nahm alle vorgesehenen Arzttermine wahr. Und immer hörte sie, dass sie kerngesund sei. Und dennoch ...

Als sie im Dezember vor zwei Jahren vom Arztbesuch zurückkehrte, machte sie ein sehr ernstes Gesicht. Ihr Mann, dem sie gerade die Diagnose genannt hatte, fasste zitternd ihre Hand, zog sie leicht zu sich heran, umarmte sie und versuchte sie zu trösten. Beiden liefen Tränen über ihre Wangen. „Jetzt müssen wir ganz stark sein", sprach er ihr Mut und Hoffnung zu, wohl wissend, wie schwer das sein wird.

Ihre Tochter, die diesen traurigen Augenblick miterlebt hatte, stellte sich zu den beiden und wurde sofort in den Kreis aufgenommen.

„Was hat denn Mama?", wollte die Tochter wissen. „Warum seid ihr so traurig?"

Sie setzten sich auf das Sofa und nahmen dabei ihre Tochter in ihre Mitte.

„Mama ist sehr krank, mein Kleines", begann Papa mit gedämpfter Stimme, fast flüsternd.

„Muss Mama jetzt sterben?", fragte ebenso leise seine Tochter.

„Nein, nein. Aber sie muss jetzt sehr aufpassen, dass sie sich nicht mit zu viel Arbeit überanstrengt. Sie muss sich schonen und viele Arztbesuche einplanen."

„Was macht denn der Arzt dann mit ihr?", wollte die Tochter nun erfahren.

„Weißt du", sagte jetzt die Mutter, „das ist so, ich habe Krebs. Das ist eine sehr, sehr ernste Krankheit. Wenn man da nicht aufpasst, dann kann es sehr schnell aus sein mit einem. Da wird man immer schwächer und schwächer und schließlich ist's vorbei." Die

Mutter musste sich sehr zusammennehmen, um nicht sofort wieder in Tränen auszubrechen.

„Mama muss in der kommenden Woche zur sogenannten Chemotherapie gehen. Da bekommt sie ein Mittel, nachdem ihr übel wird und sie sich überhaupt nicht wohlfühlt. Und dann werden ihr höchstwahrscheinlich die Haare ausfallen."

„Ihre tollen Lockenhaare?", unterbricht das Mädchen.

„Ja, ihre tollen Lockenhaare werden ihr ausfallen und Mama wird stattdessen eine Perücke tragen, damit ihre Haare vielleicht so ähnlich aussehen wie jetzt. Aber", fügte er hinzu, „wenn alles gut geht, geht es Mama später wieder besser. Und eine kleine Operation muss sie auch überstehen. Da muss sie ein paar Tage im Krankenhaus bleiben."

Mama konnte ihrer Kleinen ansehen, dass ihr bei dem, was sie hörte, ganz schön mulmig in der Magengegend wurde.

„Mama", begann sie, nachdem sie den gefühlten Kloß in ihrem Hals einigermaßen heruntergeschluckt hatte, „jetzt nicht böse sein, wenn ich das sage, aber Oma und Opa, die sind doch viel älter als du. Müssten die nicht eigentlich als Erste sterben, also vor dir? Und die Tante in Hamburg, die ist doch noch älter als Oma und Opa. Die Tante wäre ja dann noch früher dran. Und du ..." Jetzt stockte sie, weil ihr plötzlich in den Kopf kam, dass Oma und Opa die Eltern ihrer Mama sind. „Du wärest doch erst danach dran, mit dem Sterben."

„Na das lass mal nicht Oma und Opa oder die Tante hören. Sicherlich, vom Prinzip her hast du das richtig erkannt, wer älter ist, müsste eigentlich auch zuerst sterben. Das Leben und der Tod richten sich aber leider nicht nach diesem Reihenfolge-Prinzip", versuchte Papa seinem kleinen Mädchen zu erklären.

Sofort sprudelte „Das finde ich aber ungerecht!" aus ihr heraus.

„Ungerecht hin oder her", beruhigte der Papa sein Kind, „verstehen kann man das manchmal nicht."

Plötzlich leuchteten die Augen der Kleinen. „Dann habe ich eine Idee, wie der Krebs besiegt werden kann."

„Na lass mal hören", forderte die Mutter ihr Kind auf. „Da sind wir aber gespannt."

„Im Fernsehen habe ich gesehen, dass der Koch einen Krebs, ich glaube Hummer hat er das Tier genannt, der noch lebte, in einen

Topf mit kochend heißendem Wasser gesteckt hatte. Und dann hatte der gesagt, also der Koch, dass der Krebs innerhalb kurzer Zeit in diesem heißen Wasser stirbt. Das könntest du doch auch machen."

„Soll ich etwa in einen Kochtopf mit heißem, kochendem Wasser, das vor sich hin brodelt, steigen? Und wenn ich da rauskomme, dann bin ich wieder gesund? Das wird wohl nichts." Mama schüttelte ihren Kopf.

„Nein, nein", fuhr das Mädchen fort, „wir lassen dir heißes Badewasser in die Badewanne ein, so heiß, wie du es vertragen kannst, und du steigst dann hinein. Und wenn du dann da drin, sagen wir mal eine halbe Stunde, gesessen hast, dann kletterst du wieder heraus und der Krebs in dir ist durch das heiße Wasser gestorben. Du bist wieder gesund. Wenn wir den Stöpsel aus der Badewanne ziehen, ist der Krebs aus unserer Wohnung durch den Abfluss verschwunden. Das ist doch die Lösung."

Jetzt mussten selbst die tief betrübten Eltern schmunzeln.

„Wenn das so einfach wäre, wäre das schön und ich würde es sofort machen", seufzte Mama.

„Deine Idee würde den Nobelpreis verdienen, aber schade, es geht so einfach nicht. Mama muss in der nächsten Zeit leider viel ertragen."

Und so kam es dann auch. Krankenhaus, Chemotherapie, Haarausfall, Übelkeit, Schlaflosigkeit und Angst, Angst, Angst.

Nachdem alles überstanden war und sie sogar ihre Arbeit wieder aufgenommen hatte, kam das für alle Unfassbare.

Der Rückfall. Ein Rezidiv hatten es die Ärzte genannt.

Innerhalb eines Jahres stellten die Ärzte bei einer Routineuntersuchung erneut den Krebs fest. Alle in der Familie waren geschockt. Was soll das? Was hat die junge Mutter nur getan? Womit haben Ehemann und Kind es nur verdient, dass das Schicksal erneut mit voller Wucht in ihrer kleinen Familie zuschlug?

Wieder begann das Prozedere mit Ärzten, Krankenhaus, Anschlussheilbehandlung, usw., usw..

Die Strapazen stehen der Mutter nach erneutem Abschluss noch im Gesicht. Nicht nur, dass ihre nachgewachsene Haarfarbe nicht mehr der entsprach, die sie mal hatte, sondern auch ihr Wesen hat sich verändert. Sie war etwas ruhiger und besonnener geworden. Sie sah ihre Umwelt, Mensch und Natur, bewusster.

Ihr Mann bemüht sich, ihr viel Arbeit abzunehmen. Und das, obwohl er selbst genügend Probleme im Betrieb zu bewältigen hat. Im Garten wurden viele ihrer Ideen umgesetzt, vielleicht auch – ohne es bewusst zu tun – um später sagen zu können, dass es damals der Wunsch seiner lieben Frau gewesen war, dieses Beet anzulegen oder dort eine Hecke zu pflanzen.

Und auch ihr Kind trug eine schwere Last mit sich herum. Selbst wenn sie sich tapfer bemühte, ihren Kinderalltag einigermaßen normal zu gestalten, ist in ihrem Gesicht und ihrem Wesen bei genauem Beobachten zu erkennen, dass es diese letzten beiden Jahre nur mit allergrößter Anstrengung physisch und psychisch verkraftet hatte.

Für wie lange werden die Anstrengungen diesmal neue Hoffnungen gebracht haben? Wieder nur für ein knappes Jahr? Für kürzere Zeit? Für längere Zeit? Für immer?

Mögen die immensen Anstrengungen und Opfer der ganzen Familie nicht wieder umsonst gewesen sein!

*Charlie Hagist wurde in Berlin geboren und lebt heute in Dallgow-Döberitz. Viele seiner Geschichten wurden bereits in Anthologien und Schreibwettbewerben veröffentlicht.*

# Tod

Ich habe Angst um mein Leben.
Ich habe Angst, Angst, die ich in mir trage.

Das Leben ist viel zu kurz, das ich lebe.
Er ist ganz nah und doch ganz fern.

Der Tod lebt in mir.
Ich denke viel nach und lebe jeden Tag,
als ob es mein letzter wäre.
Der Tod ist da.

*Jürgen Heider* *wurde 1989 in Karaganda (Kasachstan) geboren und lebt heute mit seiner Familie in Freiburg. Da er von Geburt eine Körperbehinderung hat, besuchte er die staatliche Esther-Weber-Schule in Emmendingen Wasser für körperbehinderte Kinder und Jugendliche, die er 2009 abschloss. Seitdem arbeitet er in einer Werkstatt für behindere Menschen in Umkirch.*

# Der Flieger aus Papier

Grabert saß auf einem Stuhl und dachte nichts. Vor einigen Monaten hatte er sich mit der Frage beschäftigt, was es bedeutete, älter zu werden und festgestellt, dass die Gedanken immer beim Tod endeten.

Das waren keine schönen Aussichten für einen 82-jährigen Mann und er beschloss, sich nicht länger damit zu befassen und nur noch das Allernötigste zu denken.

Er nahm die Kaffeetasse in die Hand und führte sie zum Mund. Die Tasse zitterte ein wenig, und als er sie absetzte, waren dunkle Flecken auf seiner Hose zu sehen. Er hatte sich geärgert, als er sie zum ersten Mal bemerkte und es für eine vorübergehende Schwäche gehalten, aber jetzt störte es ihn nicht mehr und die neu dazugekommenen Flecken fielen nicht auf zwischen den vielen anderen, die längst getrocknet waren.

Wenn Grabert seinen Balkon betrat, setzte er sich auf den Stuhl mit der rückenschonenden Lehne aus braunem Stoff, der neben einem Holztisch mit vier Beinen stand und einem Sonnenschirmständer, an dem die weiße Farbe abblätterte.

Der Balkon wurde durch zwei Wände begrenzt und manchmal lief Grabert zum Geländer, beugte seinen Oberkörper vor und schaute um eine der weiß getünchten Mauern: Balkons neben ihm, Balkons unter ihm und weil das Seniorenheim zehnstöckig war, gab es sechs weitere Balkonreihen über ihm. Grabert stellte fest, dass das Gebäude auf der anderen Seite genauso aussah und hatte das Gefühl, er blickte in einen Spiegel, wenn er herüberschaute und die Balkons betrachtete, die sich wie Bienenwaben nebeneinanderquetschten.

Es klingelte. Grabert bewegte sich nicht, denn die Diakonieschwester besaß einen Schlüssel und stand im Wohnzimmer, ehe er bis drei zählen konnte. „Guten Morgen, Herr Grabert, was für ein schöner Tag. Haben wir gut geschlafen?"

Grabert ärgerte sich, wenn sie das sagte und dieses *Wir* ärgerte ihn am meisten. Ob sie gut geschlafen hatte, wusste er nicht, und ob er gut geschlafen hatte, musste sie nicht fragen, weil sie die Antwort kannte.

Eine dieser acht Tabletten, die er täglich schluckte, und die alle in einer weißen Plastikschachtel so wunderbar nach Morgen, Mittag und Abend eingeteilt waren, sorgte für einen ruhigen Schlaf. Es war die kleine rote Tablette und wenn er sie abends einnahm, schlief er bis zum Morgen ohne aufzuwachen, und wenn er zwischendurch geträumt hatte, konnte er sich nie daran erinnern. Grabert träumte gern, denn viel mehr war ihm nicht geblieben. Deswegen behielt er die rote unter der Zunge, wartete, bis die Diakonieschwester das Zimmer verlassen hatte und spuckte die Tablette über das Balkongeländer, so dass sie einige Stockwerke tiefer auf den kurzgeschorenen Rasen fiel.

Grabert sah die alte Frau zum ersten Mal, als sie am Geländer unter der gelben Markise ihres Balkons stand und lachte. Der Abstand betrug ungefähr 60 Meter Luftlinie, aber selbst auf diese Entfernung merkte er, dass sie sich über ihn amüsierte und wusste nicht, warum sie das tat. Die Kaffeeflecken auf seiner Hose konnte sie von drüben nicht erkennen und trotzdem hatte er plötzlich das Bedürfnis, ins Schlafzimmer zu gehen und eine saubere anzuziehen. Es musste etwas anderes sein. Alles war wie immer gewesen. Er hatte die Tabletten geschluckt, gewartet, bis die Diakonieschwester sich verabschiedet hatte und war auf den Balkon gegangen, um die ...

Natürlich. Da hätte er auch gleich drauf kommen können. Die alte Frau musste beobachtet haben, wie er am Geländer gestanden war und die rote Schlaftablette im hohen Bogen ausgespuckt hatte. Es war eine Angewohnheit, fast schon ein Ritual und er tat es mit einer Selbstverständlichkeit, dass er nie auf die Idee gekommen wäre, es könnte jemanden stören oder Anlass zur Belustigung geben.

Grabert spürte, wie ihm das Blut in die Schläfen schoss und war froh, dass die alte Frau nicht sah, dass er rot anlief. Er setzte sich auf seinen Stuhl, drehte die leere Kaffeetasse einige Minuten in den Händen und als er wieder aufblickte, war die alte Frau verschwunden.

Wie sollte er das künftig mit der Tablette machen? Ob die alte Frau ihre Schlaftabletten auf ähnliche Weise entsorgte? Grabert stellte sich vor, wie sie sich über das Geländer beugte und begann zu lachen, bevor er den Gedanken zu Ende gedacht hatte. Wahrscheinlich hätte er es genauso lustig gefunden und ähnlich reagiert.

Grabert wünschte sich plötzlich, diese Frau kennenzulernen und das war der Moment, an dem er wieder anfing, zu denken.

Am nächsten Morgen zog er eine der Schubladen am Glasschrank auf und holte ein Blatt Papier hervor. Er schob den Stuhl mit der rückenschonenden Lehne aus braunem Stoff an den Tisch, setzte sich und begann aus dem Blatt einen Papierflieger zu falten. Zuerst ganz langsam, weil er sich nicht mehr sicher war, wie er das Papier knicken musste, aber dann erinnerte er sich und fünf Minuten später lag der Flieger auf dem Tisch. Jetzt benötigte er noch einen Namen, bevor er auf die Reise ging.

Grabert holte einen schwarzen Filzstift aus der Küche und schrieb *Sternschnuppe* auf beide Flügel. Der Name gefiel ihm, weil man sich etwas wünschen durfte, wenn eine Sternschnuppe über den Himmel huschte und Grabert wünschte sich, dass die alte Frau in dem Moment ihren Balkon betreten würde, in dem er den Papierflieger losließ.

Er blickte zur gelben Markise und hielt den Flieger in der rechten Hand. Wind kam auf. Grabert holte ein Stofftuch aus der Hosentasche, faltete es auseinander und hielt es hoch, um zu prüfen, aus welcher Richtung der Wind blies. Seitenwind. Das war schlecht. Er wartete, bis die Windbö abflaute, und als das Tuch schlaff auf seine Hand herunterhing, warf er den Papierflieger in die Luft. Dieser stieg zwei Meter nach oben, flog einen Bogen und verlor an Höhe, ehe er den Balkon auf der gegenüberliegenden Seite erreichte. Der Flug war vorbei und Grabert ging zum Geländer, stützte die Unterarme auf und blickte ein wenig enttäuscht auf die verglühte Sternschnuppe, die sich als weißer Fleck auf dem hellgrünen Rasen abzeichnete.

Grabert verließ das Seniorenheim am folgenden Tag gegen 9.00 Uhr und setzte sich auf die rote Bank, die neben dem Eingang des gegenüberliegenden Gebäudes stand. Er hoffte, dass die alte Frau morgens einkaufen oder Besorgungen erledigen würde und anschließend wieder zurückkam.

Es war 10.20 Uhr als ein Taxi auf den abgeflachten Bürgersteig fuhr und anhielt. Der Fahrer stieg aus, öffnete den Kofferraum und stellte zwei volle Einkaufstaschen auf den Gehweg, aus denen Mohrrüben, Kartoffeln und die blauen Deckel mehrerer Joghurtbecher ragten. Grabert erkannte die alte Frau sofort. Er stand auf, wartete, bis das Taxi weggefahren war und räusperte sich.

„Entschuldigen Sie, wenn ich Sie anspreche", begann er. „Ich wollte Ihnen das wegen vorgestern erklären."

Die Frau überlegte einen Moment. „Jetzt weiß ich wieder, wer Sie sind", sagte sie und ihre Mundwinkel zuckten, als könnte sie sich das Lachen nur mühsam verkneifen. „Es war unhöflich von mir und Sie dachten bestimmt, ich würde Sie auslachen. Nein, aber ehrlich, wenn Sie an meiner Stelle gewesen wären, hätten Sie sich auch amüsiert und niemand hätte es Ihnen übel genommen."

Grabert erzählte ihr die Geschichte und als er fertig war und die Henkel der beiden Einkaufstaschen mit den Händen packte, widersprach sie nicht. Er stellte die Taschen erst ab, als sie im vierten Stock den Fahrstuhl verlassen hatten und vor ihrer Wohnungstür standen.

„Bevor Sie wieder nach unten fahren, muss ich Ihnen auch ein Geständnis machen."

Grabert schaute sie überrascht an.

„Ich habe Sie gestern beobachtet, als Sie ihren Papierflieger bastelten und ich habe auch gesehen, wie Sie ihn fliegen ließen. Ich stand hinter der Gardine."

„Dann haben Sie auch bemerkt, wie jämmerlich er abgestürzt ist."

„Nein", sagte sie und legte ihre Hand auf seinem Arm. „Das war nicht jämmerlich. Das war eine tolle Idee."

Am nächsten Tag schaute er vergeblich von seinem Balkon auf die gegenüberliegende Seite. Die alte Frau war nicht da und er überlegte, ob er sie mit einer unbedachten Bemerkung verärgert haben könnte, so dass sie es vorzog, heute in den Innenräumen ihrer Wohnung zu bleiben. Er wartete, bis die Sonne hinter den Dächern verschwand und als die alte Frau auch am nächsten Morgen nicht zu sehen war, nahm er den Aufzug ins Erdgeschoss und ging zum benachbarten Seniorenheim. Die Glastür stand offen. Er zögerte einen Moment, aber dann betrat er das Gebäude. Eine Frau lehnte an der Wand neben einem geklappten Fenster und drückte eine Zigarette in dem silbernen Aschenbecher aus, den sie in der Hand hielt.

„Passen Sie auf! Alles nass und rutschig. Am besten, Sie gehen rechts außen vorbei und dann zum Aufzug. Da war ich noch nicht.“

„Ich will nicht zum Aufzug. Ich wollte fragen, ob Sie die Frau aus dem vierten Stock kennen. Sie hatte so eine gelbe Markise auf dem Balkon.“

„Ja, die kenne ich. Aber da brauchen Sie nicht mehr hinauf zu gehen. Gestern hat man sie weggebracht, liegend, wenn Sie verstehen, was ich meine.“ Grabert sagte nichts. Die Frau beugte sich über einen blauen Eimer, tauchte einen Lappen ins Wasser und wrang ihn aus. Als sie sich aufrichtete, stand Grabert noch immer da. Sie sah ihn an. Wasser lief an ihren Handschuhen entlang, tropfte auf den Boden und erinnerte Grabert an die Kaffeeflecken auf seiner Hose.

„Machen Sie sich nichts daraus“, sagte die Frau. „Irgendwann sind wir alle dran.“ Grabert nickte und drehte sich um.

Als er die Wohnungstür aufgeschlossen hatte, schaute er durchs Fenster. Die Markise leuchtete so gelb wie die Sonnenblumen, die auf den Feldern wuchsen und deren Blütenkörbe nickten, wenn der Wind darüber strich. Grabert schloss die Augen und sah auf einmal die alte Frau am Geländer stehen. Sie lachte, dass ihr Körper bebte und winkte mit beiden Händen.

„Sie war immer so fröhlich“, murmelte er leise. „Immer so fröhlich.“

Er dachte darüber nach, was es bedeutete, älter zu werden und fand, dass das Leben Ähnlichkeiten mit einer Zugfahrt hatte. Es gab viele Stationen, an denen es sich lohnte, auszusteigen und er beschloss, dass er von nun an genau das tun würde.

*Volker Liebelt* *wohnt in Öhringen und ist 49 Jahre alt. Seine Hobbys sind seine Familie, Lesen, Wandern und Kurzgeschichten schreiben. Er hat bereits über 30 Geschichten in diversen Anthologien veröffentlicht.*

# Solang das Rad der Zeit sich dreht

Nun, liebe Leserinnen und Leser, wollen wir doch mal gemeinsam erkunden, was das *Rad der Zeit* eigentlich ist. Ein Rad ist bestens geeignet zur Vorwärts- oder Drehbewegung. Die Zeit wiederum ist eine Größe, welche die Abfolge von Ereignissen beschreibt. Demnach ist das Rad der Zeit das unaufhaltbare Vorwärtsschreiten von Ereignissen. Im erweiterten Sinn also die Evolution unserer Entwicklung. Wie wir aus der Relativitätstheorie und der Quantenmechanik wissen, befinden wir uns derzeit samt unserem Weltall in einem Raum-Zeit-Kontinuum. Wenn wir sagen „derzeit", so meinen wir das Ereignis unseres physischen Zustandes samt Weltalls mit der Unmenge von im Raum vorhandenen Sternen, Sonnen, Planeten, Kometen, Staub und Gas .

Nun, jeder von uns weiß, dass unser physisches Dasein einen Anfang und ein Ende aufweist, ob uns das gefällt oder nicht, es ist einfach so. Was geschieht dann nach diesem Ende, nach unserem Tod? Wo befinden wir uns, wenn wir verstorben sind? Gibt es uns dann überhaupt noch? Unser physischer Körper zerfällt und wird wieder zu Staub, er existiert nicht mehr in seiner Form. Es bieten sich jedoch zwei Überlegungen an, was mit uns dann passiert.

Eine Überlegung ist die physikalische Erkenntnis, dass nach dem Energieerhaltungssatz Energie niemals vernichtet, sondern nur umgewandelt werden kann. Da wir Zeit unseres irdischen Lebens gewaltige Mengen von körperlicher, seelischer und geistiger Energie produzieren, so bleibt diese auch uneingeschränkt vorhanden. Diese Energie kann nicht verloren gehen. Sie existiert weiter! Nachdem diese Energien ganz persönlich zu uns gehören, so sind sie auch mit uns unzertrennlich verbunden. Eine Existenz nach dem Körpertod ist daher unausweichlich! Über die Form dieser Existenz werde ich später noch eingehen.

Eine weitere Überlegung wäre, auf welche sich alle Weltreligionsgemeinschaften stützen, dass aufgrund der religiösen Verheißungen in den diversen Schriften ein Weiterleben nach dem physischen Tod von Gott garantiert sei. Da Gott ja selbst der Urheber/Schöpfer des Urknalls ist, bei welchem die Raumzeit mit samt dem Universum und dem Leben, in welcher Form auch immer, erst seit diesem Zeitpunkt geschaffen wurde, so ist ER tatsächlich der Garant für einen Fortbestand von Leben. Auch hier gilt, dass über die Form der weiteren Existenz nach dem irdischen Tod noch dargelegt werden muss.

Bei genauer Betrachtung bei der Überlegungen erkennt man, dass eigentlich in der Grundessenz kein Unterschied erkennbar war. Lediglich der Blickwinkel bzw. von welcher Sicht man die Betrachtung anstellt, ist verschieden.

Nachdem nun klargestellt wurde, dass es ein Weiterleben nach dem irdischen Tod geben muss, drängt sich die spannende Frage nach dem Wie und Wo ins Bewusstsein. Da die christlichen Lehren leider hier wenig Anhaltspunkte liefern, halte ich mich an die Lehren des Buddhismus, welche gerade in diesen Fragen sehr genaue und exakte Erkenntnisse bereit stellen, welche durch tiefere Meditation erlangt wurden.

In Bezug auf die oftmals konträr diskutierten Glaubenslehren zwischen Christentum und Buddhismus muss gesagt werden, dass bei genauerer Betrachtung beider Lehren im Wesentlichen keine Unterschiede zu erkennen sind. Der sehr oft aufgetauchte vermeintliche Unterschied zum Christentum, dass es im Buddhismus keinen persönlichen Gott gibt, ist zwar in der Wortwahl richtig, jedoch wird im Buddhismus die göttliche Natur als allerhöchste Energie dargestellt. Nun, ich persönlich kann hier keinen Unterschied erkennen. Ob wir nun Gott als höchste Energie, oder liebenden Vater, oder Allmächtigen, oder Schöpfer bezeichnen bleibt jeden selbst überlassen, schließlich meinen wir immer dasselbe.

Wie sieht denn nun die Situation nach dem Sterben aus? Wir selbst erkennen nur allmählich, dass unser Körper verstorben ist, denn in unserem Befinden hat sich so gut wie nichts verändert. Wir sehen noch genauso aus, denken auch noch so wie früher und tragen das gleiche Geschlecht. Lediglich verwirrt uns, dass wir aus unserem verstorbenen Körper herausgetreten sind, und nun sehen, wie dieser regungslos daliegt. Körperliche Beschwerden und Schmerzen sind nicht mehr vorhanden. Manche versuchen krampfhaft sich bei den

Anwesenden bemerkbar zu machen, jedoch nehmen diese keinerlei Notiz mehr von uns. Wenn uns nicht geistige Helfer entgegen kommen würden, wären wir dem Verzweifeln nahe.

Wir haben nun Kontakt zu unseren früheren Verstorbenen, zu unserem geistigen Führer/Schutzgeist oder Schutzengel. Langsam erkennen wir, dass wir mit unserer Seele existieren, dass unsere Seele ja schon vorher in unserem irdischen Körper existent war. Wir existieren nun in der feinstofflichen Seelenwelt, welche sich in ihrer Umgebung von der irdischen Welt nur wenig unterscheiden dürfte. Langsam beginnen wir zu erkennen, dass wir Menschen eigentlich hier im feinstofflichen, seelischen Bereich zu Hause sind und nicht im grobstofflichen, körperlichen Bereich welchen wir gerade verlassen haben, letzterer ist immer wieder sehr kurz und vergänglich.

Unsere Erkenntnisse im sogenannten *Jenseits* bestehen hauptsächlich in der Vorbereitung auf die nächste Wiedergeburt in die grobstoffliche Welt. Da wir uns nicht mehr im abstrakten Raum-Zeit-Kontinuum der Grobstofflichkeit befinden, sehen wir unsere zahlreichen vorangegangenen und insbesondere das eben zu Ende geführten Leben klar und deutlich vor uns.

Wir erkennen, dass wir für alles, was wir gedacht, gesagt und getan haben selbst verantwortlich sind. Das alleinige göttliche Gesetz von URSACHE und WIRKUNG wird uns klar bewusst. Wir erkennen unseren Entwicklungsstand und sehen, an welchen Mängeln oder Fehlern wir noch arbeiten müssen, damit wir unser Karma ausgleichen können.

Nachdem wir uns im Jenseits in einer Ebene mit etwa gleich entwickelten Seelen befinden, haben wir dort nur geringe Möglichkeiten, uns weiterzuentwickeln, und so bereiten wir uns auf ein weiteres irdisches Leben vor, mit dem Bewusstsein, gemachte Fehler (Sünden) auszumerzen. Wir begeben uns wiederum in den Kreislauf von Samsara, von Wiedergeburt und Körpertod, also genau dorthin, wo wir uns eben gerade befinden.

Nachdem wir im grobstofflichen Bereich, hier und jetzt, jede Möglichkeit haben, negative Ursachen abzubauen und durch positive zu ersetzen bzw. in positive Energie umzuwandeln, so ist dies die schnellste Möglichkeit, in unserer Evolution vorwärts zu kommen. Allerdings benötigen wir dazu qualitativ hochwertige Hilfe, damit wir bei der Bewältigung der Wirkungen, welche von den negativen Ursachen ausgegangenen sind, nicht straucheln, weil dieser Weg unter Umständen sehr schmerzhaft sein kann.

Das Rad der Zeit dreht sich für jeden einzelnen so lange, bis wir in unserer Evolution aus dem Bereich von Samsara, von Wiedergeburt und Tod, endgültig heraustreten können, weil unser Karma ausgeglichen wurde. Ausgleichen bedeutet, die vorhandene negative Energie (negatives Karma) in eine positive Energieform umzuwandeln. Da Energie nicht eliminiert oder vernichtet werden kann, gibt es nur die Möglichkeit der Umwandlung.

Noch ein paar erklärende Sätze zum Titel „Solange das Rad der Zeit sich dreht ...": Wir machen einen kleinen Ausflug in die Physik, speziell in die Astrophysik, um uns in Erinnerung zu rufen, was Zeit, Raum und Licht eigentlich bedeutet, hierfür ist es allerdings erforderlich, bis zur Entstehung von Zeit, Raum und Licht zurückzugehen.

Die Wissenschaft geht heute allgemein von der physikalisch-logischen Situation aus, dass der Beginn von Zeit, Raum und Licht durch den Urknall ausgelöst wurde. Also jener Zeitpunkt wo der Beginn des Universums durch eine unvorstellbare, gewaltige Energie, welche als Urknall bezeichnet wird, gestartet wurde. Der Auslöser, bzw. Schöpfer dieser gigantischen Energie ist Gott.

Die Urknallenergie mit ihrer gigantischen Hitze und Lichtintensität war innerhalb eines Bruchteiles einer Nanosekunde plötzlich manifest und breitete sich explosionsartig aus. Mit der Ausbreitung dieser Energie war es naturbedingt, dass sich gleichzeitig und angepasst, Raum und Zeit ausdehnten. Das Universum als Raumdimension dehnt sich immer noch aus und damit verbunden auch die Raumzeit als Zeitfunktion. Die Zeit also bedingt den Raum und umgekehrt ist der Raum mit dem Faktor Zeit verknüpft. Eine Dualität welche nicht getrennt werden kann. Materie konnte sich in Form von Galaxien, Sternen, Sonnen, Planeten, Asteroiden, Staub und gewaltige Gaswolken bilden. Durch die Bildung von Materie entstand auch die Gravitation, eine Dualität zur Materie.

Wie ist nun das vorhandene Licht zu beurteilen? Licht verhält sich einerseits wie eine Welle (elektromagnetisch) und andererseits wie Materie (Photonen), also mit einem dualen Charakter. Licht ist also dem Rad der Zeit nicht unterworfen, denn bei Lichtgeschwindigkeit hört die Zeit auf zu existieren, für das Licht ist die Zeit einfach nicht vorhanden. Aufgrund der Licht-Dualität scheint es jedoch so zu sein, dass das Licht von der Gravitation beeinflusst wäre. In Wirklichkeit bewegt sich das Licht immer geradlinig, dem jeweils gekrümmten Raum angepasst. Wo ist nun das Licht seit dem Urknall geblieben? Es ist durch unsere Galaxien, Sterne und Sonnen noch immer sichtbar und als Hintergrundstrahlung des riesigen Universums messbar.

Nach diesem vereinfachten Kurzausflug in die Astrophysik kehren wir wieder zu unserem *Rad der Zeit* zurück. Wir, die Tiere, die Natur sowie das gesamte Universum sind dem fortlaufenden Rad der Zeit unterworfen. Es gibt daher keinen Stillstand für Materie im Zeit-Kontinuum. Materie kann sich in diesem Zeitablauf weder rückwärts noch vorwärts bewegen. Es ist wie in einem Fluss in dem sich Materie, sagen wir ein Stück Holz, von sich aus nirgendwohin bewegen kann. Das Stück Holz wird ausschließlich vom Fluss bewegt. Die Zeit ist unser Fluss, in welchem wir unaufhörlich und gleichmäßig dahintreiben. Das Rad der Zeit bewegt sich und wir bewegen uns mit diesem Rad synchron mit.

Der beste und erfolgreichste Weg geistig in diesem Rad der Zeit in Bezug auf die Evolution vorwärts zu kommen, ist, das universale Gesetz von Ursache und Wirkung zu erkennen und danach zu leben. Das Negative, welches wir mit unserem Karma mitschleppen, auszumerzen. Die negative Energie erkennen, aufnehmen und sodann in positive Energie umwandeln. So werden wir dem immer wiederkehrenden Kreislauf von Samsara (Tod und Wiedergeburt) in Bezug auf unsere Evolution ein Ende setzen können.

Wir werden uns dann in der feinstofflichen Natur der Seele höheren Aufgaben widmen, und so unsere Evolution fortführen, bis wir aus dem Seelengeist heraus in unseren wahren Geist (der Göttlichkeit und das Licht in uns) eintreten werden können. Zeit und Raum werden dann nicht mehr existieren. Es wird kein „es war" oder kein „es wird sein" mehr geben. Alles wird „es ist", denn wir werden dann Gott sehr ähnlich sein.


*Johannes Lintner*


76

# Plötzlich, unerwartet

Plötzlich
gnadenlose Diagnose
Die Wahrheit verdrängend
VERLEUGNE ICH DEN ALBTRAUM

Ohnmacht


Wut
durchströmt Hoffnung
Wille quält Frieden
WARUM LEBT DIE RESTWELT

Eifersucht


Verhandlung
mit Gott
SCHENK' MIR ZEIT
Kämpfe, flehe, glaube, bete

Zweifel


Leere
nährt Ängste
ALLES BLEIBT ZURÜCK
Das Nichts frisst alles

Depression

Entkräftet
ruht Hoffnung
AKZEPTIERE DAS UNVERMEIDLICHE
Verschweige das letzte Geheimnis
unerwartet

**Thomas Volkermann** erblickte 1969 in Kamen/NRW das Licht der Welt und lebt noch immer im Kreis Unna. Er ist stolzer Vater einer 15-jährigen Tochter und schreibt seit circa zwei Jahren satirische, aber auch düstere Texte, die bereits in einigen Anthologien veröffentlicht wurden.

# Reise zum Sternenhimmel

„Ich bin doch erst achtzehn und liege schon in diesem Bett. Rapsgelb sind die Bezüge und vermitteln mir den Eindruck von Reinheit und einer unendlichen Ruhe, die mich umgibt. Wenn ich mich umschaue, sehe ich als Erstes direkt über mir einen wunderschönen Sternenhimmel, der an die Decke gemalt worden ist. Mit Planeten, Galaxien und natürlich jeder Menge leuchtender Sterne, die mir die Unendlichkeit zeigen. Ob sich wohl dort das Ziel meiner Reise befindet?

Rundherum sind mintfarbene Wände und zu meiner Rechten ein in einem warmen Kirschton gehaltener Nachtschrank mit einer kleinen Lampe in der Ecke. Zwei meiner Lieblingsbücher liegen darauf mit Lesezeichen an den schönsten Stellen. Auf der Fensterbank stehen Bilder meiner Eltern, meiner Schwester und auch die von Freunden, auf denen ihr Lachen noch voller Hoffnung ist, … aber ich bin ganz entspannt.

Meine Finger haben vorübergehend wieder Gefühl bekommen, sodass ich sogar die feine Struktur des Lakens ertasten kann. Herrlich frische Luft zieht durch das halbgeöffnete Fenster zu mir herüber. Sie vermittelt mir neben der Wirkung des Morphins ein Gefühl von Leichtigkeit und Freiheit.

Ängste und Zwänge, sie sind wie fortgeweht. Ich gebe diesen Gefühlen keinen Halt mehr, brauche den Platz jetzt für ganz andere, für alte, die ich bereits verdrängt hatte, und für neue, die sich ihren Weg zu mir suchen.

Die Zuneigung zu meiner Familie, sie wächst nun mit jeder Minute. Ich koste sie aus, die Zeit, die mir mit ihnen noch bleibt. Alle sitzen sie um mich herum, halten mich, streicheln mich, begleiten mich bis hin zu meiner letzte Reise. Wer weiß, vielleicht darf ich ja an meinem unbekannten Ziel auf sie warten?

Es wird plötzlich Zeit und ich muss gehen, denn es ist fast so, als würde man mich rufen.

Die schönen Erinnerungen fangen plötzlich an, sich zu verlieren und entfliehen meinem schwachen Griff. Die geliebten Gesichter verblassen und machen Platz für eine sanfte Dunkelheit, die sich wie ein Flaum über mich legt. Ein Flaum, der mir leicht den Atem raubt, mich aber auch an einen anderen Ort begleitet, einen ohne Angst und ohne Schmerzen."

Henning legte seinen Stift beiseite und blickte sich nachdenklich zu den anderen Schülern um, die, genauso wie er, völlig in sich gekehrt waren. Er konnte sich nicht daran erinnern, dass ihn ein Aufsatzthema jemals so aufgewühlt, so sehr gefordert hatte. Aber auch den anderen Kameraden ging es sichtlich nicht viel besser.

Ellen schien es besonders schwer zu fallen, sich so intensiv mit dem Thema Hospiz und dem eigenen Tod auseinandersetzen zu müssen und brachte sie an ihre absolute Grenze.

Das Mädchen weinte leise und hatte den Kopf schützend zwischen ihre Hände gelegt, während sie von einer Freundin getröstet wurde. Henning fiel der verständnisvolle Blick seiner Lehrerin auf, die aber ganz bewusst nicht eingriff und ihm nur lächelnd zunickte.

„Gefühle zu interpretieren gelingt einem immer dann am besten, wenn sie aus einem herausbrechen", hatte sie gemeint, und damit recht behalten. Ellen tat im Moment sicherlich allen leid, aber sie half den anderen auch dabei, die Scheu vor dem Ausdruck zu verlieren und genau das zu schreiben, was sie wirklich gerade fühlten.

Die Schüler hatten in der Freizeit ehrenamtliche Helfer zu ihren Erlebnissen befragt und mit Ärzten und Krankenschwestern darüber gesprochen, die ihre Arbeit herausfordernd, aber auch als sehr erfüllend empfanden. Sie verschafften sich damit völlig neue, unbekannte und tiefe Einblicke in diese wirklich außergewöhnliche Aufgabe. Doch erst dieser Aufsatz, wie man sich den Antritt der eigenen letzten Reise in einem Hospiz vorstellte, ließ ungewollte Gefühlsstürme in jedem aufwallen.

Eine Erkenntnis aber war bei allen gleich gewesen, der große Respekt vor dieser letzten, dieser *Reise zum Sternenhimmel.*

**Lorenz-Peter Andresen,** *wurde 1963 geboren. Er veröffentlichte Werke in über 50 Anthologien sowie den historischen Roman „Der Codex des Papstes" und das E-Book „Tödliche Triebe".*

# Abriss

Es regnete schon wieder.

Nicht doll, aber stetig.

Es war unangenehm kühl.

Sie waren auf dem Weg zum Club. Dort sollte heute Abend eine angesagte *Newcomerband* spielen. Sie freuten sich darauf, waren guter Dinge und waren spät dran. Die Vorgruppe hatte bestimmt schon angefangen. Die Bierflaschen wechselten öfter den Besitzer. Sie tranken und lachten. Dann kamen sie an der Stelle an, wo der Lärm herkam.

An einem Sonntagabend!

Ein großer Gebäudekomplex wurde – schon seit mehreren Tagen – immer mehr dem Erdboden gleichgemacht.

Mehrere Menschen mit Schirm standen da und schauten, einige fotografierten.

Sie blieben stehen.

Es war ja auch ein krasser Anblick, als die zwei Dinosaurier sich in den Beton reinfraßen, beide hatten gelbe schlanke, drehbare Körper. Der eine, mit dem roten, wie mit einer überdimensionierten Kneifzange bewehrten Kopf, zerrte aus dem Betongemäuer Stahlgitter und Rohre heraus. Es knirschte und knackte.

Der andere, mit seinem grauen Kombizangenkopf leistete die Vorarbeit, er ging noch brachialer mit dem 60er/70er Jahre Bau um, dessen Scheiben alle eingeschlagen waren. Er biss sich regelrecht da rein und zermalmte den Beton.

Aber der größte, der dritte, der mit seinem Kreissägenkopf, fräste sich in die gegenüberliegende Wand hinein, unterstützt von seiner Mama, die neben ihm stand, noch höher war und ständig Wasser aus ihrem Maul spie.

Sie war nicht die einzige, die Wasser spuckte. Da war noch ein Kran mit Korb, und in diesem Korb stand ein Mann mit Schutzhelm, der einen Wasserschlauch in der Hand hielt und dem wasserspeienden Ungetüm zur Seite stand. Das ging wohl schon die ganz Zeit so, und es ging auch so weiter, als sie dort stehen blieben, biertrinkenderweise, einer wunderte sich, woher das ganze Wasser wohl kam. Sie fragten sich, ob das wohl Trinkwasser wäre oder Flusswasser.

Unten am Baucontainer stand ein weiterer Mann, der zigarrettenrauchend telefonierte, auch er hatte seinen Schutzhelm auf. Er sah nichts. Er telefonierte einfach nur laut, er bewegte sich, gestikulierte wild und schaute dabei auf den nassen Asphalt.

Plötzlich wirbelte, durch was auch immer, der Wasserschlauch, den der Mann hielt, in großer Höhe im hohen Bogen durch die Luft, so als wollte er sich einfach mal anders bewegen. Er ejakulierte jetzt ungestüm in alle Himmelsrichtungen.

Den Schrei, den der Wasserschlauchhaltermann ausstieß, als der Schlauch, ihm das rechte Schulterblatt zertrümmerte und ihn nach hinten und dann zur Seite in den Korb schleuderte, um nur kurz noch das linke Handgelenk zu zertrümmern, sich dann endgültig befreite, dem Mann total schlecht wurde, er verzweifelt versuchte, sich irgendwo am Korb festzuhalten, dabei wohl an die ungesicherte Tür kam, denn sie flog rasch auf, als er sich mit seiner rechten Hand trotz unerträglicher Schulterschmerzen daran festzuhalten versuchte, es ihm durch den Kopf schoss: „Wieso ist diese scheiß Tür nicht gesichert?“, ihm schwindelig wurde, er sich einfach nicht mehr festhalten konnte, er versuchte es, er griff nur mit der kaputten Hand ins Leere, um dann, einfach so, herunterzufallen, den Schrei vernahm keiner.

Alle schauten ganz fasziniert auf den tanzenden Wasserschlauch.

Auf einmal hielten die Dinosaurier inne. Die Stahlkörper bewegten sich ganz gelenkig zu Boden, und dort verharrten sie so, als betteten sie ihre Köpfe für die Nacht auf den nassen, nackten Betonboden.


Es war auf einmal ganz still.


*Jutta König* wurde in Duisburg geboren und lebte jahrelang in Frankfurt, vor einiger Zeit zog es sie in den schönen Bodenseeraum.

# Andrea

Wenn der Wind ganz stille ist
und die Lüfte nicht mehr rauschen,
wenn das Vöglein innehält,
dann beginne ich zu lauschen.

Hör' ich in der Grabesruh'
einen fernen Kinderschrei?
Übermut tut selten gut –
mir jedoch ist wohl dabei.

Jede Blume auf der Gruft
zeigt: Ihr haltet euer Wort!
Wenn mein Sohn mich leise ruft,
ist's, als wär' ich gar nicht fort.

Auch die Toten brauchen Leben,
denn die Seelen sterben nicht.
Und ein Kinderschrei bringt eben
in das Dunkel etwas Licht.

*Thomas Mac Pfeifer*

# Das Versprechen

Er schaute immer wieder in den Innenspiegel, hatte ihn so eingestellt, dass er sie sehen konnte. Auf dem Kopf trug sie ein Tuch, unter dem ein paar vorwitzige rote Haare hervorlugten. In ihren großen grünen Augen schimmerte Schmerz, ihr Gesicht war blass, sodass die zarten Sommersprossen als dunkle Punkte zu sehen waren. Ihre kleine Sporttasche hatte sie neben sich auf den Sitz gestellt, hielt sie krampfhaft fest.

Er hatte eine alte Frau zum Krankenhaus gefahren. Praktisch für die junge Frau, dass er mit seinem Taxi gerade vor dem Gebäude stand. Lukrativ für ihn, sie mit zurückzunehmen. Wieder musterte er sie verstohlen. Ihm blieb für eine Sekunde die Luft weg, denn sie rührte ihn an. Auf dem Weg zu ihr nach Hause sprachen sie kaum, tauschten ein paar Allgemeinsätze aus, über das Wetter, das wieder einmal so gar nicht winterlich war, über die verstopften Straßen.

Als sie schließlich ausstieg, versuchte sie ein Lächeln. „Schön wieder daheim zu sein.“

Hastig stieg auch er aus dem Taxi, wollte den Moment nicht verstreichen lassen, sie nicht einfach gehen lassen. „Warte, ich helfe dir mit der Tasche.“

Wieder das kleine Lächeln, jetzt auch in ihren Augen. „Ja dann. Es sind zwei Treppen.“

Er stand verlegen vor ihrer Tür, setzte langsam die Tasche ab. „Ich bin übrigens der Tim und ich fahre Taxi.“ „Was rede ich denn da“, dachte er. Schnell fuhr er fort: „Ich könnte für heute Feierabend machen. Wenn du möchtest, dann könnten wir etwas unternehmen ... wo du doch jetzt aus dem Krankenhaus entlassen bist ...“ Er verstummte, kam sich merkwürdig vor.

„Sei mir nicht böse, aber ich bin zu geschafft für große Unternehmungen. Julia, ich heiße Julia.“

„Ich verstehe schon.“ Er wandte sich ab, fasste das Treppengeländer.

„Wenn du etwas einkaufst, dann könnte ich kochen, eine Kleinigkeit meine ich. Vielleicht Pasta oder so", hörte er sie verzagt sagen.

„Ich bin ein fantastischer Pastakoch, weißt du. Ich bin gleich wieder da und dann koche ICH!" Er stürmte die Treppen hinunter, nahm zwei Stufen auf einmal, denn plötzlich fühlte er sich richtig gut.

Später klingelte er, beladen mit Tüten an ihrer Tür, wunderte sich, dass sie so lange brauchte. Ob sie kalte Füße bekommen hatte, ihn doch nicht mehr sehen wollte? Die Tür öffnete sich im Zeitlupentempo, er erschrak. Julia blinzelte ihn aus verquollenen, verweinten Augen an. Sie war noch blasser als zuvor, trug ein langes, ausgeleiertes T-Shirt und ein Panty. Er stellte die Tüten an, nahm sie in den Arm.

„Mit dem Kochen wird das wohl nichts", murmelte sie an seiner Brust. „Ich muss mich ständig übergeben. Die Chemo ... es tut mir so leid."

Er hob sie hoch, sie war leicht, zerbrechlich. „Ich bringe dich jetzt ins Bett. Übrigens koche ich auch einen richtig guten Tee."

Er legte sie vorsichtig auf dem Bett ab, strich ihr durch das raspelkurze Haar. Anschließend machte er ihr einen Tee.

Er blieb den ganzen Nachmittag bei ihr, hielt sie, half ihr, als sie sich wieder übergeben musste. Schließlich ging es ihr etwas besser. Danke, Tim", flüsterte sie. „Sicher willst du jetzt gehen."

Er setzte sich auf ihre Bettkante. „Wenn ich darf, dann bleib ich, so lange du mich brauchst."

„Auch immer?", sie hielt sich, über die eigenen Worte erschrocken, die Hand vor den Mund. Dann fasste sie seine Hand, legte sie auf ihre Brust. „Du kannst sie fühlen, warm und weich. Sie sollten amputiert werden, aber das wollte ich nicht. Wenn du möchtest ... es geht mir jetzt gut."

Er schüttelte lächelnd den Kopf. „Ich werde dich einfach in den Arm nehmen. Wir haben Zeit."

Sie kuschelte sich an ihn. „Ja, wir haben noch Zeit. Aber du musst mir etwas versprechen, bitte."

Er legte sich vorsichtig neben sie. „Alles, was du willst."

Tim verbrachte jede freie Minute mit Julia. Es schien ihr bald besser zu gehen, ihre Haare wurden länger, kringelten sich in wirren Locken auf ihren Kopf. Die beiden verstanden sich ohne Worte, lachten miteinander, liebten die gleiche Musik, hatten die gleichen Bücher gelesen. Julia kam ihm unbeschwert vor. Bestand darauf, ein Konzert ihrer beider Lieblingsband zu besuchen. Eines Abends nahm sie wieder seine Hand und legte sie auf ihre Brust. Sie liebten sich leidenschaftlich. Hinterher flüsterte sie: „Ich liebe dich. Mach, dass es nie aufhört."

So erlebten Julia und Tim einen wunderbaren Frühling.

Doch als Julia ihr Haar zu einem Zopf band, um es zu bändigen und als es Sommer wurde, packten sie gemeinsam ihre Tasche. Tim fuhr sie ins Krankenhaus, hielt zum letzten Mal ihre Hand. Sie lächelte traurig. „Du musst jetzt gehen, du hast es mir versprochen. Ich werde immer bei dir sein."

Er fuhr nie wieder eine Tour zum Krankenhaus.

***Robin Royhs** wurde 1954 im Neubeckum geboren. Der freischaffende Autor schreibt für verschiedene Printmedien. Ein Roman ist in Arbeit.*

# Mit sich ins Reine kommen

Adam wird aus den Tagträumen gerissen. Die Krankenschwester stößt schwunghaft-burschikos die Tür auf und entert das Zimmer. Im Schlepptau folgt ihr zögerlich ein Mann. Er muss vom Alter her Mitte fünfzig sein. Seinen Wintermantel trägt er über dem Arm und einen kleinen Koffer in der freien Hand.

Auf dieser Station geht es komfortabel zu, gemessen an den üblichen Verhältnissen in öffentlichen Krankenhäusern der 1960er Jahre. Adam liegt in einem Dreibettzimmer, und nun werden sie erst das zweite Bett belegen.

„Etwas Abwechslung kann nicht schaden", denkt er. In diesen kalten Januartagen ist das Zimmer gut beheizt, sodass er nur im Pyjama auf dem Bett liegt mit zurückgeschlagener Decke.

Ohne Scheu mustert er den Neuen, der begonnen hat, seinen Nachtschrank einzuräumen. Ganz gelb ist der im Gesicht, in den Augen, an den Händen und sicherlich auch am restlichen Körper. Ein stattlicher, sehniger Kerl, über 1,80 Meter groß mit dunklem Haar, das er glatt zurückgekämmt hat, und einer beginnenden Stirnglatze.

Unvermittelt fängt der Neuankömmling an, zu sprechen, und Adam hört, trotz der Kürze des Gesprochenen, einen seltsam singenden Tonfall heraus, den er als böhmisch einordnet.

„Ich bin Johann", sagt der Neue und schweigt dann, ohne wirklich eine Antwort darauf oder eine Vorstellung des Zimmerpartners zu erwarten. Er kramt weiter in seinem Koffer und stopft einen Teil des Inhalts in das Schränkchen. Als Adam seinen Namen nennt, nickt er ihm zu und schweigt weiter.

Adam sieht Johann an und fragt: „Ausländer, was?"

Johann zieht missbilligend die Augenbrauen hoch, nickt kurz und schweigt wiederum, während er in diese Nische mit dem Vorhang geht, hinter dem sein Schrank und der Waschtisch darauf warten, den Rest des Kofferinhalts aufzunehmen. Johann sieht in den

Spiegel und erschrickt innerlich, als er sein Gesicht erblickt. Noch um einiges gelber ist es geworden. Zuerst war es nur das Weiße in den Augen, das sich gelb färbte, dann, am nächsten Morgen, war er vollständig verfärbt.

Er entledigt sich nun seiner Straßenkleidung und schlüpft in den melierten Schlafanzug, den Ilse ihm eingepackt hat. Er sieht noch einmal aus dem Fenster, dann legt er sich erschöpft hin.

Wie ein dickes Leichentuch wirkt der viele Schnee da draußen. Ihn fröstelt und sorgfältig deckt er sich zu. Wieso dieser Adam da aufgedeckt liegen kann, ohne vor Kälte zu bibbern, ist ihm ein Rätsel. Nun liegt er auf dem Krankenhausbett, den Blick nach oben gerichtet, und ängstigt sich vor dem, was auf ihn zukommt.

Ungewissheit war für ihn mehr als ein Vierteljahrhundert lang seine ständige Begleiterin, und auch jetzt verlässt sie ihn nicht. Eine Stärkung wäre gut, ein Flachmann oder ein Bier.

Der Arzt, der ihm heute die Krankenhauseinweisung ausgestellt hat, hat ihm genau solche Getränke verboten. Die Leber macht das nicht mehr mit, hat er dazu bemerkt. Geraume Zeit liegt Johann so, während seine Gedanken nur darum kreisen, wie er an Alkohol kommt. Adam ist für ihn in diesem Zimmer nicht mehr existent.

Dann, nach endlosen Gedankenschleifen, die in Johanns Hirn kreisten, öffnet sich die Tür. Eine Schar von Weißkitteln strömt ins Zimmer und gruppiert sich um sein Bett.

Der Wortführer blickt in eine Akte, begrüßt ihn nickend und sagt dann: „Mit dem Trinken ist nun aber Schluss. Ihre Leber ist bald am Ende. Wollen mal sehen, was wir für Sie tun können." Aufmunternd blinzelt er Johann zu, dann verlässt er das Zimmer und die Meute folgt ihm, wie einst ein Hofstaat seinem absolutistischen Herrscher zu folgen pflegte.

Der Krankenhausalltag hat für Johann nun begonnen, angefüllt mit Blutabnehmen, Leberpunktierungen, Spritzen, Infusionen und sonstige Quälereien, die dieses Gruselkabinett bereithält. Dazu kommen nun die Auswirkungen des Entzugs. Ein erstes Mal bekommt Johann die Befürchtung, er werde diesen Ort nicht lebend verlassen. Diesen Gedanken wird er immer wieder in seinem Hirn durchspielen, doch langsam und zunehmend wird er von einem Hirngespinst, das man leicht vertreiben zu können glaubt, zu einer realistischen Möglichkeit und schließlich zur Gewissheit.

Ilse, die jeden Tag während der gesamten zur Verfügung stehenden Besuchszeit an seinem Bett sitzt, wird er davon nichts erzählen. Er hat sie angeschwiegen, so lange sie zusammenleben. Sie ist das gewohnt.

Manchmal steht er auf, geht auf den Flur, um dann sich jedoch schnell wieder hinzulegen – er spürt, wie er schwächer wird. Mit Adam spricht er nur das Nötigste, Zeitungen besorgen, Zigaretten für den Balkon mitbringen, sonst nichts. Seine privaten Dinge gehen den nichts an, und wer hat sich schon jemals für seine – Johanns – privaten Dinge interessiert?

Nach zwei Wochen, in denen er unübersehbar rapide verfällt und in denen Ilse ihre zunehmende Besorgnis ihm gegenüber nicht verbergen kann, gesteht er sich ein, dass er nur noch wenig Zeit hat. Er beginnt, seine Dinge zu regeln.

Ilse spürt ebenfalls, dass es dem Ende zugeht, und sie richtet ihre Besuche darauf ein. Nun besucht sie ihn zweimal täglich. Seine Schmerzen werden zunehmend unerträglich und die Ärzte spritzen ihm etwas, das alles erträglicher macht.

Adam ist für ihn nur existent, wenn es ums Einkaufen geht. Johann hat sich in den bisherigen zwei Wochen im Krankenhaus verändert. Äußerlich sowieso – es ist abgemagert und seine ledrige Haut von currygelber Farbe.

Aber auch innerlich hat er sich verändert. Er hatte viel Zeit zum Nachdenken. Dass er seinem Hirn dieses Nachdenken überhaupt gestattet hat, statt wie lästige Probleme wie gewohnt zu verdrängen, ist schon etwas Neues für ihn. Wer säuft, betäubt sich, muss nicht mehr an das Schreckliche denken, das ihn so lange quälte. Alkohol – ein Mittel der Gnade, das hilft, alle Schrecken zu vergessen.

Dieses Gnadenmittel verweigern sie ihm nun seit über zwei Wochen und er kann sich nicht anders betäuben. Alle lange verdrängten Qualen kehren zurück und martern sein Hirn. Dazu die Entzugserscheinungen, die einfach nicht nachlassen wollen. Er spürt, dass das alles raus muss.

Unvermittelt, ohne Adam lange zu fragen, ob diesen das überhaupt schert, und ob er sich das überhaupt anhören will, fängt Johann einfach an zu erzählen. Sein plötzlicher Rededrang fördert all das zutage, was so lange eingesperrt war in irgendwelchen Ecken seines Hirns, in die er bisher niemand blicken ließ. Wo er bis dahin sorgsam darauf geachtet hatte, niemanden damit zu behelligen, verfällt er nun ins Gegenteil.

Auch Ilse, mit der er die letzten 17 Jahre zusammenlebte, kennt dieser Geschichten nicht, weder im Großen noch im Detail. Johann liegt auf dem Bett, den Blick an die Zimmerdecke auf einen winzigen Fleck gerichtet, den eine Fliege dort hinterlassen haben muss, und redet ununterbrochen.

Adam muss zuhören, erst ungläubig blickend, dann mit geschlossenen Augen, die ganze Zeit stumm, nur ab und zu ein „Mhh" einstreuend. Zum ersten Mal hört er von diesem Johann ganze Sätze, oft mit unkorrekter und komischer Satzstellung und stets mit diesem böhmischen Tonfall.

„Hab bei Schwester gewohnt in Prag, war ich 30 Jahre. Deutsche Besetzung, haben mir Arbeit in Deutschland versprochen, 1939. War zwei Jahre arbeitslos, vorher Schneider, hab ich gelernt. Unterschreibe ich, fahre ich nach Deutschland mir Güterwagen, Hannover. Arbeite in Munitionsfabrik. Nach paar Tagen hab verstanden, bin ich nicht Arbeiter, bin ein Zwangsarbeiter, Sklave. Immer harte Arbeit. Wenn Feierabend, bleibe ich in Lager, bewacht. Bisschen Taschengeld, wenig Zigaretten, wenig Bier, deutsche Frauen verboten. Wenn Ärger in Lager oder Fabrik: Bestrafung. Schlagen uns, gefesselt auf Strafbock, machen Rücken kaputt. Geht ganze Krieg so, bis 45. Dann kommen Engländer, sagen, wir sind frei. Aber sind nix frei. Müssen bleiben in Lager. Kein Geld, wenig Essen, kein Zigaretten, kein Bier, aber jetzt dürfen kommen deutsche Frauen. Dann raus aus Lager. Hab ich Schwarzmarkt gemacht, kaufen, verkaufen, bescheißen, Schnaps brennen, Fleisch besorgen. Hab gearbeitet Beifahrer, Möbeltransport. Mit Auto haben wir Kuh auf Wiese totgefahren, schlachten und verkaufen. Beste Stück für mich behalten, halbe Arsch von Kuh. So konnte leben." Bei diesem letzten Satz huscht ein schelmisches Grinsen über sein Gesicht.

Dann wird er wieder ernst und es drängt aus ihm heraus: „Will zurück in Heimat, nach Prag, bin Tscheche. Engländer sagen, kannst nicht zurück, die dich totschlagen, die denken, du deutscher Kollaborateur. Muss bleibe hier, kriege Fremdenpass für Staatenlose. Dann lerne ich deutsche Frau, mache Kind, aber die will nicht heirate, zahle Alimente. Kommt andere deutsche Frau, Ilse, wir heirate. Auf Standesamt, Beamte nimmt Ilse deutsche Pass weg, sie jetzt auch staatenlos, wie ich. 49 kommt Kind, Junge, auch staatenlos. Junge schon groß, bald 16. Immer hab gearbeitet auf Großmarkt, Obst und Gemüse fahren, bis heute. Nie krank, bis heute. Drei Uhr anfange, zu arbeiten, zwölf Uhr Feierabend, sechs Tage, Sonntag zu Hause. Wenn Feierabend, Kneipe. War immer gut. Trinken, würfeln, zu Hause schlafen. 20 Jahre Bier, Schnaps. Jetzt vorbei, alles vorbei."

Mit diesem letzten Satz, den er aus sich rauslässt, hat Johann alles gesagt, war er loswerden musste. Ermattet lässt er die Arme sinken. Parallel mit dem Anhören dieser unerwartet ihm aufgedrängten Lebensgeschichte hat Adam versucht, sie zu verarbeiten, sie in Bilder umzusetzen. Er begreift, welchen Sinn dies alles hatte.

Nun fühlt er sich in der Pflicht, Johann Absolution zu erteilen für diese spezielle Art der Beichte, und er tut es auf seine Weise: „Na, Johann, da hast du ein ziemliches Scheißleben gehabt, die letzten 25 Jahre. Und dann hast du auch noch bei denen bleiben müssen, die dich so schikaniert haben. Da würde wohl so mancher anfangen, zu saufen. Und jetzt darfst du überhaupt nicht mehr trinken."

Johann seufzt, während er den Blick starr auf den Fliegendreck an der Zimmerdecke gerichtet hat. Was er sich von der Seele reden musste, ist er losgeworden. Der Redestrom ist wieder verebbt und weitere Einlassungen wird Adam von ihm auch nicht zu hören bekommen. All diese Dinge, die er so lange in seinem Hirn verkapselt gehalten hatte, sind nun rausgelassen. Es war eigentlich ganz einfach und es war eine Befreiung. Er ist erleichtert. Noch eine Weile kann er dieses Gefühl innerer Zufriedenheit genießen, dann kommen die Schmerzen in seinem Bauch zurück und erinnern ihn daran, dass ihm nicht mehr viel Zeit bleibt.

Als Ilse ihn besuchen kommt, hat er sich gerade übergeben müssen. Fürsorglich säubert sie seine aufgesprungenen Mundwinkel und bringt es fertig, ihm einen Kuss auf die Lippen zu drücken. Sie bleibt bis zum Morgen, der Arzt hat es ausnahmsweise genehmigt. Still sitzt sie an diesem Bett, in dem ihr Johann dem gnädigen Tod entgegen dämmert.

Mit all den Jahren stiller Geduld und geteiltem Leid, bei all der erlittenen Not ist sie stark geworden. Den häufigen Ärger an den Feiertagen, an denen sie Johann aus der Kneipe zerren musste, nur um den Rest des Haushaltsgeldes vor dem Versaufen zu retten, hat sie längst verdrängt. Nichts kann sie ihm nachtragen. Zärtlich streichelt sie ihm über die eingefallenen Wangen. Er wird es schon spüren, hoffte sie.

Als der Arzt Johanns Tod feststellt, weint sie leise um die Liebe ihres Lebens. Sie weiß, dass sie es dennoch schaffen wird, das Leben ohne ihn zu meistern. Schon all die Jahre hat sie das beweisen müssen.

*Hans-Jürgen Fischer*

# Dem Tod entrissen

„Als ich 22 war, mein Mann hatte mich mal wieder geschlagen und gedemütigt, setzte ich mich ins Auto und wollte nur noch weg. Ich zitterte am ganzen Körper und weinte bitterlich. Es war Winter, es hatte geschneit und die Straßen waren glatt. Ich fuhr zu schnell und in einer leichten Kurve kam ich ins Schleudern. Mein Wagen fing an zu Rutschen, ich kam in Panik und trat auch noch völlig falsch auf die Bremse. Dadurch knallte ich auf der linken Seite gegen die Leitplanke, drehte mich mehrfach und landete schließlich hinter der Planke in einem tiefen Graben. Durch den Schock und aufgrund meines Zustandes wurde ich ohnmächtig.

In dem Moment, als ich das Bewusstsein verlor, hatte ich eine Vision. Ich sah ein extrem helles Licht, unendlich in die Ferne führend. Einen, aus einem glänzenden, weißen Strahl bestehenden, horizontal völlig geradeaus führenden Weg.

Dann sah ich einen Sessel, wie eine sehr große, linke Hand mit fünf Fingern und einem sehr großen Daumen, die mich einzuladen schien, in ihr Platz zu nehmen.

Ich hatte die Empfindung, völlig ruhig und geborgen zu sein, mir ging es plötzlich sehr, sehr gut. Ich hatte keinerlei Schmerzen, keinerlei Gram oder Schwermut, keine Hassgefühle mehr auf meinen Mann, es umgab mich nur noch das Gefühl grenzenloser Liebe und Geborgenheit.

Ein gewisser Zwang erfasste mich, der mich bewegen wollte, in der Hand, dem Sessel, Platz zu nehmen. Ich fühlte, dass sich der Sessel dann mit mir auf dem Strahl fortbewegen würde, als es an meine Autoscheibe klopfte.

Eine fremde Frau stand neben dem Auto und fragte mich, ob sie mir helfen könne, ob ich verletzt sei, ob ich mich bewegen könne. Sie würde versuchen, einen Krankenwagen zu benachrichtigen.

Ich kurbelte das Fenster herunter, öffnete den Sicherheitsgurt, stieg aus und dankte. Ich wusste nicht, wie lange ich bewusstlos im

Auto gesessen hatte. Mir war nichts geschehen. Nur das Auto war rundherum verbeult,

Seit diesem Erlebnis hat sich mein Leben geändert. Ich sehe die Welt mit anderen Augen. Natürlich hätte ich tot sein können und ich danke Gott, dass ich noch lebe. Heute erfreue ich mich an allem Schönen, an jeder Blume, jedem Schmetterling. Ich sehe die Farben, den Himmel, die Sonne, das grüne Gras, andere Menschen, alles mit viel mehr Freude, Geduld und Liebe an. Ich möchte die ganze Welt umarmen, alle Menschen küssen und ihnen die Liebe schenken, die ich in der Vision empfangen durfte. Ich bin seither ruhiger und zufriedener geworden, fühle, dass ich eine Aufgabe habe, die ich vor meinem Tod noch ausführen muss. Ich soll die Menschen, meine Nächsten, lieben und ihnen helfen. Gott hat mir eine neue Chance zum Leben gegeben, die ich nutzen will. Dem Bettler auf der Straße gebe ich seither mit Freude Almosen. Der alten Frau, die über die Straße will, helfe ich gerne. Mit dem, der hungert und dürstet, teile ich gern mein Essen. Ich lobe und preise Gott für sein Wirken, seine Hilfe und meine Einsicht.“

Vivian nahm Lia in den Arm. Wir waren beeindruckt und konnten nur zustimmen, das die Liebe das Wichtigste im Leben ist und wir uns daher auch uns gegenseitig lieben und einfach nett zueinander sein wollten.

*Dr. h.c. Conrad zur Broche schreibt gern und veröffentlichte bereits zwei Kinderbücher.*

# Abschied

So sehr du dich auch fürchtest, dem Tod zu begegnen und so schmerzlich dich der Verlust eines geliebten Menschen auch trifft, so gewiss ist es, dass dieser Abschied keine ewige Gültigkeit besitzt. Die Reise, die wir irgendwann alle aus dem göttlichen Ursprung angetreten sind, führt uns auch alle zu diesem Ursprung zurück.

Irgendwann werden wir wieder gemeinsam an einem großen Tisch sitzen und ein ausgelassenes Wiedersehensfest feiern und über heutige Zeiten plaudern, Erinnerungen austauschen und erkennen, dass die Trennung, die wir eine Ewigkeit wähnten, doch nur eine Sekunde gedauert hat.

Nichts ist vergänglich. Nur der Schmerz lässt uns an die Vergänglichkeit glauben! Doch der einzige Unterschied zwischen den Seelen, die nach Hause gegangen sind, und uns ist der, dass unsere Reise noch etwas dauert.

So betrachtet, liegt in der Trauer auch eine tiefe, erlösende Gewissheit.

Der Tod ist die Geburt in ein anderes SEIN. Er ist eine Verbeugung vor dem Leben. Der Tod ist die Geburt einer Erinnerung, die wir mit dem Eintritt in das Leben bewusst verdrängen, um uns in der Zeit zwischen Leben und Tod als Mensch zu erfahren.

Wir sind aus dem Ursprung gestorben, um in das Leben geboren zu werden und wir sterben aus dem Leben, um wieder in den Ursprung zu reisen. Damit Gott sich durch die Vielfalt unserer Erfahrungen verwirklicht. Durch uns, seine Kinder.

Unsere vorübergehende Menschlichkeit ist ein Geschenk an ihn.

*Leopold Zillinger*

# Der Freitod meiner Schwester

Als Engel standest du plötzlich vor mir,
im weißen Gewand, unter der Tür
und sagtest ganz leise mit fahlem Gesicht:
„Ich gehe vom Dunkel ins helle Licht.
Hier ist Stille und ewige Ruhe,
himmlischer Frieden, kein falsches Getue.
Die Liebe, die ich so sehnlichst begehrt,
wurde mir hier auf Erden verwehrt.
Ich trete an eine andere Schicht.
Vergib mir bitte und weine nicht."
Da kam der Tod, nahm sie bei der Hand
und führte sie in das gelobte Land.

*__Helene Göpper__ wurde 1937 geboren. In ihrer Freizeit beschäftigt sie sich gern mit Handarbeit, Gartenarbeit und dem Dichten. Ihre Enkeltochter ermutigte sie zur Veröffentlichen ihres Gedichts.*

# Interview mit dem Tod

Maria Endova war nervös. Es passierte ihr mittlerweile nur noch sehr selten, dass sie vor einem Interview nervös war, immerhin hatte sie schon fast jeden vor dem Mikrofon gehabt: die Bundeskanzlerin, den amerikanischen Präsidenten, den Staatschef Chinas und einmal sogar die Rolling Stones! Sie war eine begnadete Journalistin, das wusste sie und bekam es auch immer wieder gesagt.

Seit 15 Jahren arbeitete sie in der Branche und war erfolgreich dabei. Sie hatte Kollegen kommen und gehen sehen, hatte ihren Untergang verfolgt, wenn sie sich nicht durchzusetzen vermochten, aber sie selbst war immer an der Spitze geblieben, als sie sich erst einmal dort hingearbeitet hatte. Es war kein leichter Weg gewesen, aber jetzt, wo sie ihren Traum verwirklicht hatte, war sie nicht gewillt, sich vertreiben zu lassen, und so spornte sie sich immer wieder selbst zu Höchstleistungen an.

Ihren Fragenkatalog hatte sie sorgfältig vor sich zurechtgelegt, ein Stift war griffbereit und das Diktiergerät wartete nur darauf, endlich angemacht zu werden. Maria atmete tief durch und strich sich eine widerspenstige Locke nach hinten. Ihr braunes Haar zeigte bereits ein paar graue Strähnen. Es war der Stress ihres Berufes, behauptete ihre Mutter immer wieder. Maria hingegen glaubte eher, es war vererbt, denn ihre Mutter war selbst mittlerweile völlig ergraut, und sollte besser nicht so laut ihre Meinung herausposaunen.

Alles war für das Interview vorbereitet, jetzt musste nur noch ihr Gast eintreffen und dieser war auch der Grund, weswegen sie so nervös war. Es war ein ganz spezielles Interview und hatte es in dieser Art noch nie gegeben. Sie hatte die Möglichkeit bekommen, mit dem Tod zu sprechen. Es war ihr zu verzeihen, dass sie deswegen aufgeregt war.

Sie wusste nicht, was sie erwartete, hatte aber auf dem Weg in der Straßenbahn immer wieder heimlich nach jemandem in einer langen, schwarzen Kutte Ausschau gehalten. Innerlich hatte sie sich eine Idiotin gescholten, denn warum sollte der Tod mit der Straßenbahn fahren? Sicherlich konnte er einfach aus dem Nichts erscheinen.

Sie zuckte zusammen, als es nach fünf Minuten an der Tür klopfte. „Herein", sagte sie und versuchte, sich ihre Nervosität nicht anhören zu lassen. Es musste ihr Gast sein. Schnell nahm sie noch einen Schluck aus dem Wasserglas, um ihre trockene Kehle zu befeuchten.

Die Tür öffnete sich und ein Mädchen steckte den Kopf herein. Sie war vielleicht 14, hatte knallrotes Haar und trug die zusammengewürfeltsten Kleider, die Maria je gesehen hatte. Da war zum einen ein schwarz-rot karierter Faltenrock, eine grün-schwarz geringelte Strumpfhose und ein gelber Rollkragenpullover. Dazu trug sie schwarze Stiefel mit neonpinkenen Schnürsenkeln. Die Krönung des Outfits, wenn man es denn als solches bezeichnen durfte, bildete eine überdimensional große, schwarze Schleife aus Samt, die sie sich ins Haar gebunden hatte.

„Entschuldige bitte, du musst die falsche Tür erwischt haben", sagte Maria freundlich, aber bestimmt. Das Mädchen musste für ein anderes Gespräch eingeladen worden sein oder sie wollte ein Praktikum bei der Zeitung machen. Sie hatten ständig Schülerpraktikanten da. Maria vermisste den einen Jungen, der vor einem Jahr da gewesen war. Er hatte himmlischen Kaffee gekocht.

„Ich bin hier ganz richtig", sagte das Mädchen und schlüpfte nun endgültig durch die Tür. „Hallo, ich bin Tod."

Der Satz schlug in Marias Gehirn ein wie eine Bombe. Der Tod sollte eine Teenagerin sein, die in kunterbunten Kleidern herumlief? Wo waren die schwarze Kutte und die Sense?

Sich auf ihre Professionalität besinnend stand Maria auf, ging auf ihren Gast zu und streckte ihm die Hand entgegen. „Entschuldigen Sie das Missverständnis. Ich freue mich, die Gelegenheit bekommen zu haben, mit Ihnen ein Interview zu machen. Ich bin Maria Endova", stellte sie sich nun selbst vor.

Tod legte den Kopf leicht schief, unternahm aber nichts, um die Hand zu ergreifen. „Sie wissen, wer den Tod berührt, stirbt?", fragte das Mädchen und seine Stimme klang plötzlich unheimlich.

Schnell zog Maria ihre Hand zurück und ihr Lächeln wurde plötzlich unsicher. Dass das Interview für sie gefährlich werden konnte, daran hatte sie gar nicht gedacht. Als Journalistin musste man oft an seine Grenzen gehen, um die absolute Topstory zu ergattern.

Sie schluckte die aufkeimende Angst hinunter und musterte Tod nun ein bisschen genauer. Etwas Zeitloses haftete ihr an und irgendwie auch etwas Unschuldiges und Reines. Der Gedanke war absurd, immerhin ging es hier um den Tod.

„Lassen Sie uns anfangen", sagte Tod und klopfte ihr auf die Schulter.

Maria erschrak. Wer den Tod berührte, starb! Das Mädchen sah sie an und begann plötzlich schallend zu lachen. „Sie haben mir das echt geglaubt", brachte sie heraus und konnte mit dem Lachen gar nicht aufhören.

Maria begriff, dass sie wohl nicht sterben würde, aber der Schreck saß ihr immer noch in den Gliedern. „Lassen Sie uns beginnen", stimmte sie zu und sie setzten sich beide an den Tisch, wo ihre Notizen lagen, Tod immer noch mit einem dicken Grinsen im Gesicht. Offenbar amüsierte sie sich. Konnte man eigentlich *Sie* sagen? Immerhin ging es hier um den Tod.

„Ist es in Ordnung, wenn das Diktiergerät an ist?", fragte die Journalistin und bekam ein fröhliches Nicken als Antwort. Maria schaltete das Gerät ein und zog sich dann ihre Notizen näher heran.

„Ich möchte nicht lange um den heißen Brei herumreden und gleich zu Fragen kommen, die meine Leser besonders interessieren. Warum müssen nicht nur alte Menschen sterben, sondern auch Kinder und junge Menschen?", fragte sie und sah Tod in die Augen. Etwas Faszinierendes lag in ihnen. Was genau es war, konnte Maria nicht sagen.

„Es ist nicht meine Entscheidung, wer stirbt und wer nicht. Es ist vorherbestimmt", sagte das Mädchen nach einigen Augenblicken und schwieg dann einfach wieder. Mit dem Fuß klopfte Tod auf den Boden und die Reporterin glaubte, Mendelssohn Bartholdys Hochzeitsmarsch zu erkennen. Es kam ihr in Kombination mit dem Tod makaber vor.

Es war also nicht der Tod selbst, der das Lebensende eines Menschen bestimmte. Das war interessant.

„Wer bestimmt es?"

Diese Frage war wichtig. Wenn es jemanden gab, der den Tod eines Menschen vorherbestimmte, gab es vielleicht tatsächlich so jemanden wie Gott oder eine andere höhere Macht. Diese Entdeckung konnte die Religionen der Welt verändern!

Das Mädchen lächelte und sagte: „Gott, Schicksal, Genetik, Karma. Suchen Sie sich etwas aus, was Ihnen am besten gefällt." Tods Blick war undurchdringlich.

Sie würde nichts sagen, da war sich Maria sicher. So hatte sie sich ihr Interview nicht vorgestellt! Bis jetzt hatte sie nur eine verwertbare Antwort und auch die war nicht besonders aussagekräftig. Das musste sich ändern. Wenn Sie keine Informationen über den Prozess des Sterbens bekam, dann wollte sie wenigstens etwas über den Tod als Person wissen.

„Haben Sie ein schlechtes Gewissen, wenn ein junger Mensch sterben muss?", fragte sie und war auf die Antwort gespannt.

Die fiel jedoch anders aus als erwartet. „Nein, warum sollte ich ein schlechtes Gewissen haben?", fragte Tod und legte den Kopf ganz leicht schief.

Konnte man ohne schlechtes Gewissen ein Kind von seinen Eltern trennen, ein Baby der Mutter von der Brust reißen oder einen Studenten aus den Armen des Partners? Das wollte ihr nicht in den Kopf und irgendwie erschütterte es sie auch. „Warum?"

Das Teenagermädchen vor ihr lächelte immer noch ganz leicht. „Ihr Menschen haltet den Tod für etwas Schlimmes, etwas Grausames, der Verbindungen zerstört und immer ein Ende bedeutet. Ich behaupte nicht, dass es immer Freude bereitet, aber manchmal sehnen sich die Menschen nach dem Tod und damit meine ich nicht solche, die ihr Leben selbst beenden. Alte Menschen wollen oft nicht mehr leben, weil sie lange genug auf der Erde waren und einfach müde sind. Aber nicht nur das. Erst gestern war ich bei einem Zehnjährigen. Zwei Jahre betete er, dass er leben durfte, aber in den letzten Wochen änderten sich seine Gebete. Er betete darum, endlich sterben zu dürfen. Er war bereit dafür und wurde von seinem Leid erlöst. Soll ich deswegen Schuldgefühle haben, weil ich einem Menschen von seinem Leid erlöse?" Eine gewisse Schärfe war in die Stimme des Mädchens getreten.

Maria nickte nachdenklich. Es stimmte.

Ihre Großmutter hatte auch sterben wollen, als sie im Alter von fast 100 bettlägerig geworden war. Trotzdem erschien es der Journalistin nicht richtig, was Tod sagte.

Sicherlich gab es Menschen, für die der Tod eine Erlösung war, aber so viele wurden mitten aus dem Leben gerissen. Was war mit denen? Sie konnten kaum froh darüber sein zu sterben.

„Das ist aber nicht bei allen der Fall", sagte sie und Tod bestätigte es mit einem Nicken. Natürlich war nicht jeder dankbar, die Erde verlassen zu müssen.

„Warum warten Sie dann nicht, bis jeder bereit für den Tod ist?", fragte sie und war auf die Antwort gespannt.

Der Tod lachte leise. „Das Leben ist kein Wunschkonzert, der Tod genauso wenig. Jeder stirbt, wann es für ihn vorgesehen ist, egal ob es anderen gefällt oder nicht. Tod und Leben gehören zusammen, die Menschen vergessen das nur sehr gern, blenden es aus, dass ihr Leben nicht unendlich ist", sagte die Teenagerin und stand dann auf. Offenbar war für sie das Gespräch beendet.

Maria würde es nicht wagen, sie aufzuhalten, sondern bedankte sich nur für das Gespräch. Tod verließ das Zimmer und die Journalistin blieb allein zurück.

Nachdenklich stoppte sie das Diktiergerät und packt ihre Sachen zusammen. Sie wollte den Artikel zu Hause schreiben. Das Thema erschien ihr zu brisant, als dass sie es im Büro bearbeiten sollte.

Sie ging zu ihrem Auto und fuhr los. Die Strecke konnte sie im Schlaf, und so war sie vielleicht nicht so konzentriert, wie sie es sein sollte.

Zu spät sah sie den Zebrastreifen und das Kind darauf. Eine Vollbremsung verhinderte die Kollision, aber ein entgegenkommender Transporter krachte direkt in ihr Auto. Alles wurde schwarz um sie.


„Bist du bereit, Maria Endova?"

Jemand sprach sie an. Schwerfällig öffnete die Journalistin die Augen und sah Tod vor sich. Das Mädchen stand vor ihr, lächelte sie freundlich an.

War sie tot? Offenbar ja. Maria schluckte und sah den Tod an. „Musste ich sterben, weil du mich berührt hast?", fragte sie und erinnerte sich an die Berührung vor dem Interview.

Die Rothaarige schüttelte den Kopf: „Nein, aber deine Zeit war gekommen. Es war so festgelegt."

Maria nickte erneut und seltsamerweise war sie bereit zu gehen. Sie fühlte kein Bedauern. Mit einem Lächeln nahm sie die entgegengestreckte Hand Tods an. Es fühlte sich nicht kalt an, sondern warm und ein zufriedenes Gefühl überkam sie. So hatte sie sich den Tod nicht vorgestellt, aber sie hatte als Interviewpartner jemanden in einer schwarzen Kutte und einer Sense vorgestellt. Warum also sollte der Tod nicht warm und friedlich sein?

„Eines solltest du wissen, Maria Endova, in der irdischen Welt hat der Tod immer das letzte Wort."

*Sabine Mahlich*, 24 Jahre, *wohnt in Lindau am Bodensee. Sie studierte Germanistik mit Schwerpunkt Literaturwissenschaft auf Bachelor und Master. In ihrer Freizeit schreibt sie gern Geschichten und spielt Klarinette.*

# Abschied ins gelobte Land

„Manchmal hast du grüne Augen", hatte Sergej beim Abschied gesagt, von dem sie nicht einmal ahnte, dass es einer war. An jenem Abend im August, als er ihr eine Haarsträhne aus dem schweißnassen Gesicht hinters Ohr strich und flüsterte: „Grüne Augen wie die einer streunenden Straßenkatze, so räudig und wild. Nähere ich mich ihnen zu schnell, lodern sie misstrauisch auf, dass die Funken sprühen. Und dann wieder, dann betteln diese Augen, als hätte ich Trockenfisch in meinen Hosentaschen."

Ach, Sergej!

Tonja schob die Gardine bis zur Wand mit der blumigen Stubentapete und drückte die Nase an die Fensterscheibe. Engelsgleich schneite es auf Sankt Petersburg herab. Ausgerechnet in dieser Nacht!

Nicht morgen oder nächste Woche. Nein, ausgerechnet heute taumelte der erste Schnee auf stillen Flügeln, einsam und kalt zu Boden, so wie jener alte Säufer an der Ecke, der zwischen *Basseynaya ulitza* und *Moskowski Prospekt* matt niedersank. Genau dort, wo der Flaum am Rinnstein zusammenstob, erstickte der Alte die weiße Pracht mit seinem hinfälligen Leib und verband sich mit ihr zu einer süffig schlierigen Masse.

Dabei war es tagsüber noch altweiberlich warm gewesen. Blondes, braunes, rotes Mädchenhaar hatte lebensfroh im Wind geflattert. Musik drang aus offenen Fenstern, und der Zaunkönig tirilierte hinten im Park, als hoffe er noch immer, die entflohene Zeit zurücksingen zu können – oder Sergej.

Tonja blickte auf das spiegelnde Fensterglas.

Sie entdeckte nichts Grünes in ihren Augen, nur ein Grau in Grau. Anders als beim neuen Sankt Petersburg, drüben am *Newski Prospekt,* der sich wie jede Nacht im bunten Neonlicht verhurte. Da waren Farben alles.

Und Sergej?

Sie hatte ihn gesucht, als er nicht mehr kam, weder anrief noch eine Nachricht hinterließ, nach ihm gehorcht – im Wandelgang des *Gostiny Dwor*. Dort am Kaufhaus, wo sie ihm das allererste Mal begegnet war, als er Wyssozki's Lieder sang und sie später malte, aber niemand wusste etwas.

Irgendwann kam sein Anruf. Trunken vor Sehnsucht und Schwermut, stammelte er: „Ich fliege bald. Ich muss ... ins *Gelobte Land*!"

Das Brennnesselhemd aus Trauer und Wut auf den Lippen, hatte sie geschrien: „Was heißt das, du musst, und wann ist bald?"

„Schweigen ist auch eine Antwort", dachte Tonja.

Für die paar Stunden bis zum Abflug rollte sie sich in den verfilzten Webpelz auf dem Diwan, um ein wenig zu ruhen. Und während sie schlief, verwandelte sich über der Stadt der Niederschlag hastig in ein endloses Band aus Schnee und Graupel. Im Morgengrauen lag der breite Fahrweg ganz und gar im frostig glitzernden Ruhebett versunken ...

In aller Herrgottsfrühe lehnte Tonja am Bushäuschen gegenüber der Metrostation *Park Pobedy*, rauchte und hing ihrem nächtlichen Traum nach: Festgefroren an einer Trauerweide, schlug sie verzweifelt nach Brennnesseln, die lichterloh hinter ihrem rechten Ohr flammten. Dabei schaute ein Trockenfisch, ängstlich, aber voll Neugier schmatzend, aus ihrer Hosentasche.

Als wenn Brennnesseln leuchten würden!

Tonja zertrat die Zigarettenkippe und fixierte die verschneite Straße, so wie sie es die ganze letzte Stunde getan hatte, doch der Trolleybus war nicht in Sicht.

Überhaupt kein Fahrzeug war zu sehen. Kein Auto, keine Tram, nichts. Einhändig klammerte sie sich an die über und über mit Zeitungsartikeln beklebte Seitenwand des Bushäuschens, stemmte sich gegen den Schneesturm und lugte vorsichtig nach links bis zur Apotheke mit der Hausnummer 165.

Nichts! Lediglich einige dick bemäntelte Schatten kämpften sich an diesem Sonntagmorgen über die Fahrbahn. Menschliche Schatten, die vor dem Unwetter in die Metrostation flüchteten.

Unter das spröde Blechdach zurückgekehrt, zählte sie stumm die Reste ihrer Warterei: sieben, acht, neun. Nicht zu fassen, neun Zigarettenstummel! Wütend über sich selbst verbarg Tonja das Gesicht hinter ihrer pelzgefütterten *Schapka*, zog die Schultern bis zu den Ohrläppchen hoch und versenkte den Kopf so tief im Wollmantel, dass sie etwas vom Wesen einer Schildkröte annahm.

„Ras, dwa, ras, dwa …!", marschierte sie auf der Stelle und dachte dabei an *Snegurotschka*, das märchenhafte Mädchen aus Schnee.

„Entschuldige!", murmelte ein Wesen, das sich prustend ins Bushäuschen rettete. „Willst du zum Flughafen?"

Snegurotschka? Nein, Tonja schob die Mütze hoch und betrachtete das ärmlich gekleidete Mädchen mit der durchscheinenden Malvenhaut.

„Du könntest mit der Metro zur *Moskowsakaja* vorfahren und dort auf den Bus warten. Ich mache das immer so", sprach das Malvengesicht. „Ich bin übrigens Vera."

Als Tonja nicht antwortete, plapperte Vera, sie werde bald 19, studiere und außerdem habe sie jetzt einen von der Kadettenschule, mit dem sie ginge.

„19?", presste Tonja beinahe tonlos hervor; sie hätte das Malvengesicht kaum für 15 gehalten.

„Ja. Ich treffe ihn gleich hier", freute sich Vera. „Er hat sonntags Ausgang. Wir gehen dann immer rüber ins Café, das ist nicht so teuer. Und du? Willst du ins Ausland?", fragte sie neugierig. „Kann man ja jetzt, wenn man genug Rubel hat."

„Wie mans nimmt …" Tonja schob die Pelzmütze wieder über die Augen. „Kennst du das *Gelobte Land*?"

„Ähm, ich glaub nicht. Nein. Das heißt, … ich weiß nicht." Eine Weile lang blieb das Mädchen stumm. Dann quietschte es auf: „Schau!" Vera zeigte auf zwei Lichtkegel, und in ihrem kindlichen Übermut umarmte sie Tonja wie eine alte Freundin. Tatsächlich kroch ein rostiger Trolleybus mit der Kennzeichnung *Aeroport* in ihre Richtung.

„Daweitje, büstreje!", mahnte der Fahrer zur Eile, kaum, dass er die Türen geöffnet hatte.

Vera stürzte auf einen pickligen Jungen zu, der auf die Straße stolperte. „Da bist du ja! Ich warte und warte …", schwatzte sie, herzte den Kadetten und zog ihn fort, ohne sich noch einmal umzusehen.

„Landei", dachte Tonja. Diese Art Mädchen nervte sie.

Jahrein, jahraus kamen die von wer weiß wo her nach Sankt Petersburg, nur, um sich einen potenten Mann zu angeln. Wenn sie Glück hatte, schaffte sie es zu einer überhastet geschlossenen Ehe. Doch wenn der Herr Gemahl, spätestens nach der Geburt des ersten Kindes, dem Suff verfiel, landete sie samt Kind in einer *Kommunalka* am Rande der Stadt mit Gemeinschaftsküche auf der Etage und Klo an der Treppe. Schaffte sie selbst das nicht, dann ..., ja dann blieben nur die Straßen im bunten Neonlicht.

Japsend öffnete Tonja die obersten Knöpfe ihres Wollmantels; jemand stank nach billigem Parfüm und der süßliche Geruch mischte sich mit dem von Knoblauchatem, getrocknetem Schweiß und Altweiberurin.

Plötzlich kam der Bus polternd zum Stehen.

Alle reckten ihre Hälse. Fieberhaft verbreitete sich das Gerücht, eine Straßenbahn läge auf den Schienen, und nichts ginge mehr. Einige meinten, der Strom sei ausgefallen.

Der Busfahrer sprang hinter seinem überdimensionierten Lenkrad hervor, riss die Tür auf und rief der wild gestikulierenden Straßenbahnfahrerin zu: „Was ist los, Teuerste?“

Als die Angesprochene in ihm einen attraktiven Mann mittleren Alters erkannte, zog sie eine Zigarettenschachtel aus der Jacke, winkte ihm und rief etwas Unverständliches in Richtung Trolleybus. Das konnte dauern!

Nach der dritten Zigarette stampften fünf rüstige Damen heran; jede mit einer Brechstange bewaffnet. Die grauhaarigeren Frauen grölten und lachten, und trotz ihrer aufgedunsenen Leiber arbeiteten sie erstaunlich flink, sodass die Reisenden bald zurück in Bus und Bahn drängten.

Tonja kämpfte sich durch den kniehohen Schnee. Starrer, glitzernder Schnee, glänzend wie Meersalz. Für einen kurzen Moment blieb sie reglos stehen. Ein Radio spielte sein Lied.

Langsam, sehr langsam näherte sich der Bus dem Flughafen.

Endlich angekommen, rannte Tonja zum Check-in Schalter.

„Entschuldigung“, rief sie keuchend, „mein Mann fliegt nach Tel Aviv – ich darf zu ihm!“

Die Frau hinterm Tresen wies zur Anzeigentafel. „Das Boarding ist abgeschlossen.“

„Nein, nein, Sie verstehen das falsch! Ich fliege nicht.“

„Was wollen sie dann?“

„Ihn verabschieden.“

„Mädchen, das macht man vor dem Boarding, er sitzt schon in der Maschine."

„Nein, nein! Er sitzt ganz bestimmt nicht. Man hat es mir versprochen. Ich darf noch einmal zu ihm."

„Wie?"

„Hier, lesen Sie, bit...te!"

Die Frau blätterte in den Papieren. „Warum kommen Sie jetzt erst?«, fragte sie. Der Vorwurf in ihrer Stimme war nicht zu überhören.

„Der Schnee ...", murmelte Tonja schwer atmend.

Die Frau griff nach dem Telefon. „Dima, Dimotschka, hier Amina", flüsterte sie. „Ich hab was Delikates. Ja, ja, sie steht hier. Mach was, Dima! Ich muss rüber zum Gate." Sie reichte Tonja die Dokumente. „Gleich kommt jemand", sagte sie und stöckelte dann eilig davon.

Tonja fixierte die Uhr gegenüber der Anzeigentafel. Von der Geschäftigkeit des Terminals nahm sie nichts wahr. Sie sah nur die Uhr. Zehn, elf, zwölf ...

„Tonja Rubinowitz?", fragte eine männliche Stimme.

„Ja?"

„Kommen Sie!"

„Sind Sie Dima?"

Er nickte. „Wie schnell können Sie laufen, Frau Tonja?"

Sie jagten durch die Abfertigungshalle hinüber zur Betreten-Verboten-Tür, links, rechts, links die Flure entlang bis hinaus aufs Flugfeld.

Dann standen sie vor ihm.

Es war ein schlichter Sarg, so wie Sergej ihn gewollt hatte. Damals, nach dem Anruf, als Tonja ihn in seinem Zimmer fand, todkrank und verloren.

„Das ist doch kein Alter zum Sterben!", hatte er gewispert, während sie ihm zärtlich über das verschwitzte Gesicht gestrichen hatte.

„Nein, Sergej – Sterben kennt kein Alter. Es ist aber nicht wichtig, wann wir gehen, sondern wie."

Tagelang hatte Tonja einen Rabbi gesucht, der sie zu Hause trauen würde, fand ihn schließlich, schmierte einen Standesbeamten und lief von Pontius bis Pilatus, um die Papiere für Sergejs allerletzte Reise zu besorgen.

Als es vorbei war, verhängte sie den einzigen Spiegel im Zimmer, wie nach jüdischem Brauch für die Bestattung vorgesehen, wusch Sergej lauwarm und bekleidete ihn mit einem Tallit. Erst hier, auf dem Flugfeld, zerriss sie den Rocksaum unter ihrem Mantel.

„Flieg heim, in dein *Gelobtes Land*", dachte Tonja.

Und während sie das dachte, stürmte es so heftig, dass der Sarg vor ihr unter einem kristallinen Leichentuch aus Schnee und Eis erstickte.

***Micaela Daschek** wurde 1966 in Bergen auf Rügen geboren. Beruflich in einem Wohlfahrtsverband tätig, lebt sie heute mit Mann und Kindern in Berlin. Seit einer theaterpädagogischen Ausbildung schauspielt sie in ihrer Freizeit, schreibt und veröffentlicht Gedichte, Glossen, Kurzgeschichten und Erzählungen. Einige ihrer Werke wurden bereits veröffentlicht. Mit ihrem Text „Der Zobel" wurde sie Siegerin beim „Preis des Literaturkreises der Deutschen aus Russland 214" in der Kategorie Prosa.*

# Zeit verlassen

Als Lebender geht der Mensch in den Tod.

Er pflückt mit samtiger Hand
die letzten Sonnenstrahlen.

Der Tod gibt dem Augenblick seinen Schrecken
und eine Schönheit.

Das Dasein ist ein Mysterium
voll durchscheinender Zeit.

Zeit lassen
    Zeit verlassen
        Ewigkeit erreichen

***Judith Richle** arbeitet in einem Buchladen. Sie ist verheiratet und hat zwei Kinder. Es sind bereits drei Lyrikbände von ihr erschienen und sie nahm erfolgreich an einigen Schreibwettbewerb teil.*

# War's das?

Mein letzter Gedanke, als ich gestern ums Leben gekommen bin: „Oh, Gott, ich war schon viel zu lange nicht mehr beim Frisör gewesen!"

Der graue Ansatz ist mindestens schon vier Zentimeter zu sehen. Dieser silberne Streifen lässt meine Haare aussehen, wie eine schlecht gefärbte Perücke. Wenn ich gewusst hätte, dass ich schon heute nackt, auf einer kalten Bahre im Leichenschauhaus liege, hätte ich den Termin für den Frisör, nicht so lange hinausgezögert. Aber es war jedes Mal so verdammt teuer. Die letzten Monate musste ich sparen, damit ich überhaupt etwas zu essen kaufen konnte. Obwohl schlank hat mich der Geldmangel schon gehalten. Eine gute Figur hatte ich bis zum Schluss, nur die grauen Haare eben, die ich leider schon mit Mitte zwanzig bekommen hatte, passten so gar nicht zu meinem Alter. Eine Zeit lang hatte ich sie unter dem alten Filzhut meines Großvaters versteckt. Ich mochte diesen Hut. Er roch noch immer nach meinem Opa und machte zusammen mit den knallroten Glitzerleggins und der abgeschnittenen Latzhose eine schrille Person aus mir.

Auch wenn ich mich innen drin eher langweilig und grau gefühlt hatte, nach außen wollte ich schillern, anders sein, auffallen. „Meine grauen Haare", dachte ich zuerst, „passen zu diesem selbst gewählten Image." Aber eigentlich fühlte ich mich nur alt damit. Also musste ich in den sauren Apfel beißen und doch zum Frisör gehen. Aber nur alle drei bis vier Monate. Öfter konnte ich mir diesen Luxus nicht leisten.

Ich musste mich schon immer durchs Leben boxen. Meine Mutter verließ mich und meinen Vater, als ich fünf Jahre alt war. Mein Vater war tief getroffen und völlig überfordert mit einem Kind, das ständig weinte, weil es seine Mutter schrecklich vermisste. Er gab mich zu meinem Großvater, was meine Rettung war, denn er wurde zu meiner Höhle, zu meinem Schutzraum, meiner Heimat. Er gab meinen ausgerupften Wurzeln wieder Halt und strahlte für mich wie eine Sonne. Großvater hatte wenig Geld, die kleine Rente reichte hinten und vorne nicht. Aber für mich hatte er immer genug. Mein Vater ging dann ins Ausland, angeblich um dort mehr Geld zu verdienen. Er wollte uns, sobald wie möglich, einen Teil davon schicken.

Was kam, war eine Postkarte. Auf dem Bild war er zu sehen, mit einer Frau im Brautkleid. Die Frau hatte kein Gesicht. Es wurde verhüllt von einem Wust aus Locken. Sie sah aus, wie ein auftupierter Pudel. Mein Vater hatte also geheiratet. Er wolle in nächster Zeit mit ihr zurückkommen, schrieb er, ich hätte dann eine neue Mutter. Zum Glück kam er dann doch nicht. Es kamen zwei Briefe, darin waren 100 Euro. Dann kam nichts mehr. Ich habe ihm einmal geschrieben, aber der Brief kam zurück, mit dem Hinweis „unbekannt verzogen". So blieb mir nur mein Großvater und das war mein großes Glück.

Auch wenn wir nicht vom Glück verfolgt waren, ich hätte mein Leben mit ihm nicht eintauschen wollen. Wir mussten aus Großvaters wohlriechender, gemütlicher Wohnung ausziehen, denn das Haus wurde abgerissen. Die Wohnung, die wir danach fanden, war eine Katastrophe. Sie war klein, roch muffig und die Heizung fiel regelmäßig im Winter aus. Mein Großvater wickelte mich dann immer in unzählige Decken, machte heißen Kakao und erzählte mir von Afrika, bis mir der Schweiß den Rücken hinunterlief.

Rotgesichtig saß ich in meinem Deckenthron und träumte mir den Hunger weg. Bei dem Klang von Großvaters Stimme, wurde das Knurren meines Magens zum Knurren des Löwen in der Savanne. Er erzählte mir überhaupt sehr viel. Von anderen Ländern, Bräuchen und Sitten und von den Sagen und Märchen, des jeweiligen Landes. Mit ihm wurde es nie langweilig.

Jetzt bin ich also tot. Leichenblass, wie anders sollte eine Leiche auch aussehen, liege ich mit meinen schlecht gefärbten Haaren auf der Bahre hier und warte. Vielleicht kommt gleich das helle Licht, von dem alle immer erzählen. Vielleicht, darf ich endlich ins Paradies. Verdient hätte ich es, nach all den entbehrungsreichen Jahren.

Als Großvater starb, hatte ich den letzten Halt im Leben verloren. Männer, Drogen, Partys, nichts davon war eine Lösung. Die Erlösung kam gestern in Form eines Stadtbusses. Scheinbar war ich mit meinem Rad in den verflixten toten Winkel geraten. Der Busfahrer bog ab und hatte mich in seinem Spiegel einfach nicht gesehen. Es hatte gar nicht wehgetan. Es ging schnell.

Ein wenig ratlos, wie die meiste Zeit in meinem Leben, liege ich nun hier herum.

Warum diese Sturmflut von Erinnerungen an früher mich gerade jetzt überrollt, verstehe ich nicht so ganz. Warum denke ich überhaupt? Vielleicht, bin ich ja gar nicht tot, oder ich bin erst kurz davor endgültig zu sterben und ich ziehe gerade das berühmte Resümee, bevor ich dann in den Himmel darf. Sehr verwirrend dieses Totsein. Wenn ich jetzt noch lebendig wäre, würde ich mir eine Zigarette anzünden. Das Rauchen hat mich immer beruhigt. Ich würde kleine Kringel in die Luft blasen und zusehen, wie sie langsam verschwinden. Wie die Kondensstreifen der Flugzeuge. Da konnte ich als Kind stundenlang zusehen.

Wie wohl meine Beerdigung werden wird? Vielleicht gibt es ja einen netten Bestatter, der sich um meine Haare kümmert. Obwohl, macht man das überhaupt noch, dass die Leute zu einem an das offene Grab kommen? Wahrscheinlich, wird einfach nur der Deckel draufgemacht und fertig. Einen Kranz aus roten Rosen fände ich schön. Rosenduft mochte ich schon immer. Das lag sicher daran, dass Großvaters erste Wohnung über einem Blumenladen lag. Es roch immer wunderbar in meinem Zimmer.

Ein tröstender Gedanke ist, dass Opa ja vielleicht auftaucht und mich hier abholt. Bestimmt trägt er dann seinen Filzhut.

Meinen Großvater wird es jedenfalls nicht stören, dass meine Haare nicht so perfekt aussehen. „Bist auch früh grau geworden, mein Mädel, so wie ich", wird er sagen, und dann wird er mich in den Arm nehmen, und vielleicht hat er ja ein paar Decken dabei und heißen Kakao und dann, dann wird alles gut.


*Sabine Kohlert wurde 1970 in Nürnberg geboren und lebt heute mit ihrem Mann und ihren beiden Kindern in Erlangen. Sie veröffentlichte bereits in mehreren Anthologien Gedichte und Prosatexte und ist Mitglied des AutenverbandFranken e.V..*

# Stirb, Toni, stirb

Toni erwachte, sein Schädel brummte, er war nass geschwitzt und seine Hände zitterten. Das alles war an sich nicht ungewöhnlich, aber irgendetwas war anders.

Stöhnend stützte er sich auf seine Unterarme, hob den Kopf und sah sich um. Alles um ihn herum war so hell, so weiß, so warm und so sauber, langsam begriff er es, er war in der Klinik.

„Wie bin ich denn hierhergekommen?", fragt er sich.

„Das kann ich dir sagen", sprach neben ihm eine Stimme, die ihm bekannt vorkam. Sie gehörte zu Karla, einer früheren Kollegin.

„Wie, was, warum ...?" Toni kapierte überhaupt nichts mehr, hatte er Halluzinationen? Schlug das Korsakow-Syndrom zu?

„Immer der Reihe nach, ich bin es wirklich", sagte Karla und zog sich einen Stuhl heran. Man hat dich gegen Mitternacht neben einer Bank im Stadtpark aufgelesen, total besoffen, vollgekotzt und beschissen. Scheinbar wolltest du auf der Bank schlafen und bist heruntergefallen. Mensch Toni, wie tief bist du gesunken."

Jeder und jedem anderen hätte er diese rüden Worte übelgenommen und sich beleidigt zur Seite gedreht, Karla durfte das sagen. Er kannte sie, seit sie zusammen ihre Ausbildung in der Pflege gemacht hatten. Dort gab es manchmal solch raubeinige Sprüche, vielleicht um das Leid der Patienten zu verkraften, nicht an sich heranzulassen oder um cool zu wirken. Karla und er hatten sich gut verstanden, mit ihr konnte man Pferde stehlen.

Doch das war lange her, viel war inzwischen geschehen. „Was ist passiert, wieso trinkst du?", fragte Karla.

Toni wusste, dass er Karla nichts vormachen konnte. „Lange Zeit habe ich geglaubt, dass ich glücklich verheiratet wäre, doch dann habe ich gemerkt, dass mich Linda betrog. Ich habe sie zur Rede gestellt und sie stritt es noch nicht einmal ab. Sie bezeichnete mich als Loser. Trotzdem blieb ich bei ihr, hoffte, unsere Ehe retten zu können, aber ihre Verachtung wurde immer größer. Anstatt sie vor die Tür zu setzen, begann ich zu trinken. Ich baute im Suff einen Unfall und fand mich schwer verletzt im Krankenhaus wieder. Man hatte Linda kommen lassen und dann stand sie an meinem Bett und nahm an, ich wäre bewusstlos. Voller Hass sah sie mich an und sagte *Stirb, Toni, stirb*. Als ich Wochen später aus dem Krankenhaus entlassen wurde, ging ich nicht nach Hause und das Elend fing erst richtig an. Ich verlor meine Arbeit, jobbte und wohnte hier und dort. Karla, du musst doch zugeben, dass solch ein Dasein nur im Suff zu ertragen ist." Er hielt erschöpft inne.

„Weißt du, ich habe auch einiges erlebt, meine Ehe ist ebenfalls in die Brüche gegangen und ich saufe nicht. Denk mal darüber nach", entgegnete Karla und ging.

Stunden später kam ein Arzt und erklärte Toni, dass er an Leberzirrhose im Endstadium leide und nur noch kurze Zeit leben würde. Diese schonungslos vorgetragene Diagnose traf ihn wie ein Hammerschlag. Gerade war ein klein wenig Hoffnung in ihm aufgekeimt, Karla kam ihm vor, wie ein kleines Licht in der Dunkelheit.

Und nun das, nein, das konnte nicht sein, der Arzt hatte sich geirrt, die Proben waren vertauscht, er hatte sich verhört oder es war ein böser Traum. Nach einer Weile kam Karla, ihr Gesichtsausdruck war sehr ernst.

„Das, was der Doktor da erzählt hat, stimmt doch nicht. Sag mir, dass es nicht so ist", flehte er sie an.

Aber sie antwortete: „Doch es stimmt, leider."

„Quatsch, alles Quatsch", brummte er und drehte sich mit dem Gesicht zur Wand.

Karla sprach weiter: „Erinnerst du dich an unsere Ausbildung, die fünf Phasen des Sterbens nach Kübler-Roos? Reagierten die Patienten nicht genauso wie du jetzt? Sie wollten es nicht wahrhaben."

„Quatsch, alles Quatsch", brummte Toni noch einmal und zog sich die Decke über den Kopf.

Als er am nächsten Morgen erwachte, kam ihm sofort die Nachricht von gestern in den Sinn. Sie machte ihn wütend, furchtbar wütend. Er stieg aus dem Bett, riss die Zimmertür auf und brüllte in den Stationsflur: „Wo bleibt mein Frühstück? Wenn ihr mich schon verrecken lassen wollt, gebt mir vorher wenigstens etwas Ordentliches zu essen und zu trinken."

Eine Schwester kam und versuchte ihn zu beruhigen, aber er brüllte und randalierte weiter. Voller Zorn warf er ein Wasserglas an die Wand. Glasscherben und Wasser verteilten sich im ganzen Zimmer. Karla kam, er ging sofort auf sie los und schrie: „Ihr Weiber seid Schuld, alle miteinander, du brauchst gar nicht so verständnisvoll zu tun. Und Linda, diese Schlampe, die erwürge ich, ich erschlage sie wie eine räudige Hündin und dann werfe ich sie in den See ...“

Die Kraft verließ ihn, er brach zusammen. Man bugsierte ihn ins Bett und gab ihm eine Beruhigungsspritze.

Irgendwann später hatte er sich beruhigt und schämte sich für seinen Ausraster. Die Pflegekräfte taten, als ob so etwas normal wäre. Wie konnte er seine Situation ändern. Er wollte auf keinen Fall sterben, gerade jetzt nicht. *Not lehrt beten* hatte seine Oma früher gesagt und er hatte darüber gelacht. Von diesem ganzen frommen Theater hatte er nie was gehalten, war seit Jahrzehnten in keinem Gottesdienst gewesen. Ob er es doch mal mit Beten versuchen sollte? Schaden konnte es ja nichts.

„Lieber Gott“, betete er, „ich will einen Deal mit dir machen, du sorgst dafür, dass ich wieder gesund werde, und ich komme jeden Sonntag in die Kirche und ich trinke keinen Tropfen mehr. Das verspreche ich dir hoch und heilig. Amen.“

Karla sah nach ihm. „Hast du einen Wunsch?“, fragte sie.

„Ja“, sagte er, „ich will nicht sterben. Bitte sprich mit dem Doktor, es muss doch ein gutes Medikament geben, oder eine neue Leber. Ich habe zwar kein Geld, aber wenn ich wieder gesund bin, mache ich hier ehrenamtlich Nachtdienst. Ich bin doch ein guter Pfleger, das weißt du.“

„Ach Toni, du bist und bleibst ein Träumer, ein sehr lieber Träumer“, sagte Karla und tupfte ihm den Schweiß von der Stirn. Dann ging sie.

Toni wurde traurig, unendlich traurig. Niemand schien ihm helfen zu können oder wollen. Er war so allein, niemand tröstete ihn, niemand besuchte ihn. Außer Karla kümmerte sich kein Mensch um ihn. Würde überhaupt jemand an seinem Grab stehen, um ihn trauen und weinen? Wer sollte das denn sein? Hatte er sich durch seinen Suff zum Außenseiter, zu einer Belastung für seine Mitmenschen gemacht? Aber jetzt war es zu spät, er konnte es nicht mehr ändern.

Lindas Worte, *Stirb Toni, stirb*, hatten plötzlich eine ganz andere Bedeutung. Ihr böser Wunsch hatte sich in einen guten verwandelt. Bedeutete der Tod nicht Ruhe und Frieden für ihn? War dann der tägliche Kampf gegen den Alkohol, den er immer verloren hatte, zu Ende? Musste er nicht mehr für jeden Schluck eine Begründung suchen? Braucht er sich nicht mehr zu schämen? Gab es keine Vorwürfe und keinen Streit mehr? Der Tod würde ihn davon erlösen und seine Mitmenschen auch. So gesehen konnte ihm gar nichts Besseres passieren.

Er klingelte, Karla kam und er fragte: „Hast du Zeit für mich?"

Sie sah ihn an, sagte: „Ja", setzte sich auf seine Bettkante und nahm seine Hand. Toni schloss die Augen und alles wurde gut.

***Margret Küllmar** wurde 1950 in Nordhessen geboren. Sie machte eine Ausbildung in der Hauswirtschafterin und war Lehrerin in der Volkshochschule. Jetzt ist sie pensioniert. Geschrieben hat sie schon immer und beschränkt sich dabei nicht auf ein Genre. Ihre Texte sind in zahlreichen Anthologien vertreten und sie ist Autorin zweier Lyrikbände.*

# Adeles Abschied

Es war kurz vor Weihnachten. Seit gut einer Woche lag Adele im Krankenhaus. Adele – noch immer nannte ich sie bei ihrem wunderschönen Vornamen, obwohl sie schon viele Jahre meine Schwiegermutter war. Die alte Dame war, wie es heißt, in die Jahre gekommen. Im Sommer hatten wir ihren 90. Geburtstag gefeiert. Ein aufregender Tag für sie und für uns. War es doch gleichzeitig ihr erster Tag im Seniorenheim.

Ihre Beine gaben auf. Sie trugen Adeles Gewicht – und sie war ein Leichtgewicht – nicht mehr. So konnte ich ihr nicht mehr beim Duschen helfen. Jetzt war professionelle Hilfe von Nöten.

Da alle Angehörigen meiner Schwiegermutter berufstätig waren oder zu weit entfernt wohnten, blieb nur die Unterbringung in einem Altenheim. Adele schaute zwar erstaunt – und wollte auch erst nicht.

Aber schon nach ein paar Tagen sagte sie selbst: „Ich verstehe euch. Ihr konntet gar nicht anders handeln und ich habe es hier gut.“

Leider gewöhnte sie sich nicht an den Lärm im Gemeinschaftszimmer. Ein paar Wochen später bat sie darum, dass man sie mittags im Zimmer hinlegen sollte. Da hatten ihre Kräfte schon so weit nachgelassen, dass sie im Rollstuhl saß und die Pflegerinnen und Pfleger ihr ins Bett, wieder heraus und bei den täglichen Bedürfnissen helfen mussten.

Wir besuchten sie so oft wir konnten, meist einmal pro Woche. Adele bekam viel Besuch. Schwester Maria sagte: „Sie hat den meisten Besuch von allen.“

Manchmal glaubte Adele es, manchmal vergaß sie jetzt aber auch, dass ich erst vor ein paar Tagen da war und fragte nach mir. Ich liebe sie sehr und zu sehen, wie sie langsam verfiel, war für mich nicht leicht. Ich kannte Adele als starke Frau, die immer für ihre Lieben da war. Die mich besuchte, wenn ich krank war. Die ohne

Klage auf meine Kinder Acht gab, wenn ich das nötig hatte. Eine Frau, die aber auch ihre eigenen Interessen pflegte und in sich ruhte. Sie erfreute sich über dreißig Jahre am Kartenspiel mit ihren Freundinnen und sang im Chor, bis ihre Stimme brüchig wurde. Sie kämpfte, als sie zu früh ihren Mann durch einen Herzinfarkt verlor und später zwei ihrer Kinder zu Grabe tragen musste.

Sie war ein Familienmensch, der sich selbst zum Glück nicht ganz vergaß: Adele liebte ihre Kinder und Enkel. Sie hatte ein großes Herz und lachte gern.

Und da saß ich nun an ihrem Bett im Zimmer Nummer 21 und dachte über sie nach. Seit einer Woche hatte ich sie jeden Tag besucht. Adele war immer schwächer geworden. Oft schlief sie während des Besuchs ein. Aber wenn sie die Augen öffnete und eines ihrer Kinder, eine Freundin oder ich noch vor ihrem Bett saßen, freute sie sich. Adele war so dankbar. Sie hörte eine Weile zu, fragte nach den Enkeln, schloss wieder die Augen.

Heute durfte ich ihr beim Essen helfen. Adele genoss ein paar Löffel Götterspeise mit Vanillesoße, an Fleisch und Gemüse war sie nicht interessiert. Vielleicht noch ein paar Schlucke Brühe? Sie brauchte kein Essen mehr.

Nachmittags kam mein Mann, um mich abzuholen. Er setzte sich eine Viertelstunde zu uns.

Da sagte Adele: „Ich danke dir, dass du da bist. Aber jetzt ist es gut. Es ist alles gesagt."

Ich wusste erst am nächsten Morgen, an ihrem Totenbett, was sie gemeint hatte. Sie hatte sich von mir verabschiedet.

Ihre Kinder waren abends noch bei ihr gewesen. Sie riefen am nächsten Morgen in aller Frühe an, dass Adele für immer eingeschlafen war. Wir fuhren zum Krankenhaus und durften in ihr Sterbezimmer.

Friede erfüllte mich, als ich sie auf dem Totenbett liegen sah. Ihre Gesichtszüge waren offen, zufrieden. Sie wollte jetzt gehen und ich dachte, es ist gut so, dass sie nicht noch durch lebensverlängernde Maßnahmen gequält worden war. Adele, nun war sie gegangen. Ihr letzter Tag wird mir immer in Erinnerung bleiben.

Eine Freundin von mir, die Adele seit Kindertagen kannte, war noch am Tag zuvor eine halbe Stunde mit mir an ihrem Bett gewesen. Wir hatten uns gut unterhalten.

Britta sagte: „Wir gehen jetzt auch schon auf die 50 zu."

Da hatte Adele gescherzt: „Kommt ihr erst einmal in mein Alter." Wir hatten zusammen gelacht.

Britta war zur Beerdigung gekommen. Sie sagte mir, dass sie es schön fände, dass sie Adele noch an ihrem letzten Tag gesehen hatte. Ich war meiner Freundin dankbar, dass sie mir zur Seite stand. Wir beschritten schon viele Jahre unseres Lebens gemeinsam.

Nach ein paar Wochen schenkte mir der Herr noch einen besonderen Traum mit Adele. In diesem legte ich mich zu Adele ins Bett, wie ein kleines Kind, schmiegte mich an sie und gab ihr einen Abschiedskuss. Als ich erwachte, war ich glücklich über die Zeit, die ich mit Adele hatte und in der Trauer getröstet.

Natürlich habe ich sie auch beweint. Aber in meinem Herzen hat Adele einen festen Platz, der ihr dort für immer bleiben wird. Im Himmel hat sie eine neue Wohnung gefunden. Daran glaube ich und so danke ich dem Herrn für die geschenkte lange Zeit mit ihr.

***Birgit Malow*** *wurde 1967 geboren. Sie ist verheiratet und Mutter dreier erwachsener Kinder und arbeitet als Werkstoffprüferin. Sie veröffentlichte bereits einige ihrer Werke und ist Mitglied im „Autorenkreis Schreibzauber".*

# Johannes

Das Kaffeehaus, in das wir nach der Trauerzeremonie am Grab gebeten wurden, war eher ein Ausflugslokal. Es lag auf einem Deich im spätherbstlichen Nebeldunst nahe eines tiefer gelegenen Flusses, der hier etwas geweitet erschien, weil mehrere kleine Bäche höhengleich in ihn einmündeten, dabei die typischen Grundwirbel verursachten und eine bewegte, manchmal strudelbildende, gurgelnde Wasseroberfläche hinterließen.

Die traurig wirkende Novemberstimmung schien den Atem anzuhalten und breitete sich diesig grau wie gefrorener Dampf über dem Wasser aus, wo die Konturen schwach, die Uferbepflanzung aus Reed und Sträuchern im trüben Nachmittagslicht schattenlos blieben.

Es fiel Simon sichtbar schwer, sich an Johannes zu erinnern. Er und seine Frau hatten die Anteilnahme der Trauergäste auf dem Friedhof mit erstaunlicher Gelassenheit hingenommen und ertragen. Aber jetzt hier, unter den Jugendfreunden seines älteren Bruders und den damit gegenwärtigen Erinnerungen, konnte er es nicht verhindern, dass bei seiner Rede die Stimme zitterte. Es waren bewegende Worte, und keinen von uns ließ Simons Ausdruck an brüderlich empfundener Wärme, Respekt gegenüber dem Älteren und familiärer Verbundenheit unbeeindruckt. Er gab einen groben Lebensbericht, auch weil er wusste, dass ein Teil derjenigen, die jetzt hier saßen, die letzten Stationen seines Lebens nicht mehr mitbekommen, nicht mehr verfolgt hatten.

Johannes hatte sich das Leben genommen. Ein seltsam unangenehmes Wissen. Ich hatte es von Heidi erfahren, die als einzige aus der Clique zu Johannes noch lange Kontakt gehalten und gepflegt hatte.

Es hatte keinen Abschiedsbrief gegeben, wohl aber eine kurze Nachricht an seinen Bruder. Diese für Johannes typische Nüchternheit, selbst in dieser letzten Handlung, hatte bei mir nicht nur

Betroffenheit ausgelöst, sondern auch ein gewisses Ressentiment, eine Regung, derentwegen ich mir hartherzig vorgekommen war.

Wir hatten längere Zeit schweigend unseren Kuchen gegessen, ein wenig schamhaft, wie ich empfand. Dann griff Katrin nach ihrer Kaffeetasse, nahm einen Schluck, um auch dem letzten Krümel des Streuselkuchens in den Magen zu verhelfen. „Auch bei unserem heutigen Wiedersehen sitzen wir also wieder ohne Johannes da", brach sie die Stille. Es schien ein gewisser Vorwurf mitzuschwingen, wem er galt, wollte ich nicht ausmachen. „Und diesmal endgültig." Dies sagte sie zunächst resolut. Sie blickte auf ihren leeren Teller. „Es ist nicht nur traurig, es ist auch so schade. Ich mochte ihn", sagte sie jetzt leiser, da ihr die aufkommenden Tränen kurz die Stimme versagen ließen. „Weil er so ruhig, so unauffällig war. Und oft mehr Mut besessen hatte, als manch anderer von uns."

Wir anderen, die fünf übriggebliebenen aus der Kinder- und Jugendclique von einst, schwiegen betreten. Eine ganze Weile starrte ich vor mich hin, und Katrins Worte klangen in mir nach. Schließlich nickte ich und sagte: „Wisst ihr noch, als wir am Hexenberg waren, ihr erinnert euch doch noch an unsere Picknick-Stelle am Waldrand, überall waren Heidekräuter. Einmal, da kamen doch die Jungbullen auf uns zu. Da hat er sich einfach einen langen Knüppel gegriffen und ist ihnen wie bekloppt und rufend entgegen gerannt. Die drehten tatsächlich bei und gaben Fersengeld!" Ein aufflackerndes Lachen ging über die Gesichter meiner Freunde. „Ich gebe zu, ich hatte ziemliche Angst", meinte ich. Ich verspürte eine gewisse Dankbarkeit über die Gelegenheit, etwas deutlich Positives über Johannes zu sagen.

Holger schien es ähnlich zu gehen. „Oder ein andermal im Winter", sagte er beinahe vergnügt. „Als er uns warnte, nicht über das dunkel gefärbte Eis mit den Schlittschuhen zu fahren, und du prompt eingebrochen bist", meinte er in meine Richtung, „und klatschnass bei minus fünf Grad nach Jauche stinkend im Bus heimfahren musstest."

Die anderen grinsten, noch immer schadenfroh, nach immerhin jetzt etwa fünfundfünfzig Jahren.

„Ja", sagte ich. „Ich gebe zu, dass ich gern den Beweis gegen seine Besserwisserei, seine Unfehlbarkeit angetreten hätte, aber seine Warnungen hatten leider immer Hand und Fuß. Aber wenn ihr euch bitte richtig erinnern würdet: Ich war schon einige Male über die Stelle gefahren", versuchte ich mein damaliges Verhalten noch einmal zu rechtfertigen. „Und hätte auch beinahe recht behalten!" Als ich das etwas Peinliche der Situation bemerkte, fügte ich schnell hinzu: „Was wir alles erlebt haben!"

Prompt fiel mir eine weiteres Ereignis ein, welches mir immer noch unangenehme Schauer über den Rücken jagte. „Wisst ihr noch, als wir dahinterkamen, dass man Eisenteile in den Ruinen sammeln und an den alten Schrotthändler verkaufen konnte, haben wir es ihm in seinen Garten getragen. Er wog es und gab uns dafür etwas Kleingeld. Dann aber hörten wir von älteren Jungs, dass die das Altmetall von seinem hinteren Grundstück, wo er es lagerte, wegnahmen und ihm vorne vor seiner Hütte wieder verkauften. Der alte Mann war verwahrlost, hatte kaum mehr Zähne im Mund und war beinahe immer betrunken. Es war leicht, die Situation auszunutzen. Als Johannes dahinter kam, rief er erbost: *Da mach ich nicht mit, das ist ja Betrug!* Ich hatte ihn noch nie so wütend gesehen. Da waren wir elf oder zwölf. Ich sehe ihn immer noch vor mir, den armen Alten, wie er auf seinen Kiefern mahlend, nach Fusel riechend, mit seiner alten Dezimalwaage hantierte."

„Hat er eigentlich mal richtig gelacht, so aus vollem Halse, meine ich?", fragte Jochen, nachdem sich weitere Erinnerungen aus dieser Zeit in die Aktualität des Anlasses eingemischt hatten.

„Eigentlich ... eigentlich habe ich ihn nie mal richtig mitlachen hören. Ein verhaltenes Grinsen war der stärkste Ausdruck seiner Heiterkeit."

„Ja, es stimmt", sagte Simon. „Er war ein ernsthafter, nein, ein ernster Mensch. Und verschlossen. Wir haben eigentlich nie über seine eigenen Befindlichkeiten gesprochen. Aber das lag vielleicht auch daran, dass ich sein kleiner Bruder war. Habt ihr denn andere Erfahrungen gemacht, wenn ihr mit ihm zusammen wart?"

Nach kurzem Nachdenken brach es aus mir heraus: „Ich habe oft versucht, ihn aus seiner Verschlossenheit zu locken, habe ihn provoziert. Ich wollte, dass er Stellung nimmt, warum er nicht mehr zu unsern Treffen gekommen ist, habe ihm was von Freundschaft und von Treue erzählt. Worauf er etwas herablassend, wie mir schien, bemerkt hat, dass dies ein für ihn nicht so wichtiger Begriff sei wie anscheinend für mich. Es gäbe für Freundschaft keinen Anfang und damit auch kein Ende. Es sei eine Äußerung von einer warmherzigen Empfindung, andere sehen auch eine gewisse Verbundenheit, sie hätte aber für ihn keine weitere Bedeutung. Freundschaft sei häufig auch nur die Suche nach gegenseitiger Bestätigung. Da habe ich ihn gefragt, ob das denn so schlimm wäre. Nein, meinte er, aber er brauche das nicht. Ich fragte weiter, ob er denn möchte, dass wir ihn zufriedenließen, ihn nicht mehr anrufen sollten. Er meinte nur lapidar, dass müsse ich selbst wissen." Ich machte eine Pause und überlegte. „Man zieht doch eigentlich nur aus der Reflexion, die ein Mensch bereit ist zu geben, etwas, sonst bleibt man mit seinen Gefühlen allein. Es sei denn, man handelt völlig selbstlos und freut sich nur der angeblich guten Tat. Ich gebe zu, ich war schon verstimmt damals. Ich denke, dass seine etwas spezielle Gedankenwelt, seine Lebensweise und sein Verhalten daraus wenig mit irgendeinem von uns zu tun hat." Ich verstummte, erstaunt über meine Gefühle und Gedanken, die ich auf einmal so klar hatte formulieren können, ohne dass ich mir ihrer vorher bewusst gewesen wäre.

Ich blickte meine Freunde an. Heidi wischte sich leicht verschämt über die Augen. Aber, wie ich beinahe froh feststellte, war sie nicht zornig über meine Worte. Im Gegenteil, sie schien beinahe ein wenig erleichtert.

„Was ich bei all diesen seinen Eigenschaften nicht verstehe, ist", fragte Holger nach einer längeren Gesprächspause, „warum er sich damals uns überhaupt angeschlossen hat? Wo er wohl besser als einsamer Wolf herumgelaufen wäre, beinahe autistisch, wie er war." Und wie als Antwort darauf ergänzte er: „Seine mutigen Einsätze während unserer gemeinsamen Kindertage waren vermutlich mehr eine Bestätigung seiner Persönlichkeit für die Entwicklung ihrer selbst, als dass er uns imponieren wollte. Oder vielleicht hat er einfach ausgelotet, wo die Grenze zwischen sinnvollem Mut und unkalkulierbarem Risiko verlief."

„Aber offenbar hat er ja auch darunter gelitten, dass er vielleicht anders war, dass er nicht so einfach gestrickt war wie wir. Unser Verhalten hatte schon etwas Animalisches mit dem äffischen Imponiergehabe der Männchen und dem Anhimmeln durch die Weibchen", sagte Katrin, nun sanft lächelnd. „Es mag ja ein Urbedürfnis sein, sich so zu gebärden, da es alle Welt tut. Und weil das so ist und er das früh erkannt hatte, glaubte er sich vielleicht einerseits überlegen, andererseits, und zum größeren Teil, hat er darunter gelitten, sozusagen nicht von dieser Welt zu sein.“

Nach ungefähr zwei Stunden brachen wir auf. Wir verabschiedeten uns herzlich voneinander und traten in die Dunkelheit des frühen Abends. Der Nebel war nasser geworden, wie ein feines Nieseln. Gleichwohl musste ich noch einmal auf den Deich, wie ich das immer tat, wenn ich dieses Lokal verließ, schaute über die regengetränkte Flusslandschaft, die im abenddunklen Nebelgrau verschwindenden Wiesen, die für mich immer etwas Geheimnisvolles hatten. Der durch die hinter mir befindliche üppige Lichtquelle des erleuchteten Gasthauses nur mehr schlecht auszumachende Fluss, trieb wie eine schwarze Masse, durch einzelne Glitzerpunkte spritzenden Wassers noch gerade erkennbar, vorwärts und nahm – so dachte ich mir – Vieles mit sich fort.


## Zeit-Zeugen

Gemeinhin gilt, dass man anstatt von ihr genug – zu wenig hat.
Doch schmäht man sie geheim und still, wenn sie nicht gleich vergehen will.
Man nimmt sie sich, wenn man in Not, und hat man sie, schlägt man sie tot, vertreibt sie sich und ist pikiert und jammert, wenn man sie verliert.
Gleichgültig wird sie weggeputzt und gnadenlos oft ausgenutzt, selbst, wenn man folgendes bedenkt: dass sie uns allen nur geschenkt!
Die Nutzung ist ambivalent, weil keiner sich zu ihr bekennt.
So liegt es nah, dass jedermann mit ihr nach Wunsch verfahren kann.
Sie ist ein Kind, man weiß Bescheid, von Zukunft und Vergangenheit.
Hier zwischen hockt sie oft empört, weil dann die Gegenwart sie stört.
Das führt nun allzu oft zum Streit, weshalb sie sich als Zwischenzeit mal vor der Gegenwart postiert, mal hinter ihr sich etabliert.

Der erste Abschnitt ist Geschehen, verlebt, vertan, einfach Vergehen.
Der zweite, dessen Raum ist weit und hat etwas von Ewigkeit.
Hier lebt man sie, solang es währt, bis irgendwann man mal erfährt, dass sie vorbei eilt, ungesehen, nicht Anteil hat an dem Geschehen.
Dann lebt man zeitlos und spontan und fragt sich, worauf kam es an – dass man nicht Sklave seiner Zeit, ob Zukunft, ob Vergangenheit?
So selbstbestimmt empfindet man, sich frei und ungebunden dann; bis bald darauf, man wird es sehen, gehört man selbst zum Zeitgeschehen.

*Gerrit Brunken* wurde 1943 in Kassel geboren. Er ist verheiratet, hat zwei Kinder und zwei Enkelkinder. Seit 1987 ist er als selbstständiger Landschaftsarchitekt tätig. In seiner Freizeit schreibt er, gärtnert und geht wandern.

# Irgendwo

Ich wohne in einer WG. Naja, eigentlich ist es keine richtige WG. Ich habe meinen Mitbewohner nicht eingeladen, mit mir zu wohnen. Er hat sich einfach bei mir breitgemacht, ohne mich überhaupt gefragt zu haben. Sein Name ist übrigens Rotzlöffel. So habe ich ihn getauft. Passt einfach gut zu ihm: Er breitet sich immer weiter aus, räumt nichts wieder weg und meine Bedürfnisse beachtet er dabei am aller wenigsten. Er kam einfach so bei mir an. Ohne Vorwarnung. Plötzlich stand er vor der Tür und wollte nicht wieder verschwinden. Ja, so sind sie, die Tumore. Aber bei manch anderen, die unerwünschte Mitbewohner wie ich haben, haben sie sich durch lautes Hämmern bemerkbar gemacht. Die Tür öffnen braucht man ihnen gar nicht erst, die kommen auch durch die Wand.

Ich war schon lange nicht mehr zu Hause. Vielleicht ein halbes Jahr nicht. Den ganzen Tag sehe ich nur weiße Wände, weiße Decken, weiß gekleidete Menschen, usw.. Die Gerüche erinnern auch nicht gerade an eine bunte Blumenwiese. Meistens habe ich den Geruch von erbrochenem Haferbrei in der Nase. Den bekommt mein Zimmergenosse immer. Diät-Futter. Aber da er einen Mitbewohner im Magen hat, der dort ziemlich randaliert und sich aufführt wie ein Türsteher, kommt die weiß-gräuliche Pampe meistens nicht weit und wird von seinem Frechdachs im hohen Bogen wieder rausgeworfen. Dass das dann alles auf seinem Bett oder dem Boden landet, erklärt sich von selbst. Deshalb esse ich fast gar nichts mehr. Ist eh besser so. Von der Chemo kommt schon genug oben raus, dann muss man es nicht auch noch erzwingen. So sehe ich das. Aber die Chemo ist eh bald vorbei und dann kann ich nach Hause. Auch wenn meine Zeit dort begrenzt ist.

Ein Regenbogen ist doch etwas Wunderbares. Er ist eine Art Glückssymbol. Man sieht ihn aber viel zu selten. Warum ist Glück so wenig vorhanden? Warum muss man immer darauf hoffen? Vielleicht weil es sonst kein richtiges Glück mehr wäre. Aber es gibt

Menschen wie mich, die bräuchten dieses Glück im Übermaß. Nur leider bekommt man es nicht, deswegen muss man das Beste aus der Situation machen.

Mich überkommen jedes Mal ungeheure Glücksgefühle, wenn ich einen Regenbogen sehe. Die Farben sind das Schönste. „Alle Farben des Regenbogens", wie man so schön sagt. Die gibt es zwar überall auf der Erde, aber lange nicht so schön wie an dem Regenbogen. Deshalb möchte ich gerne dort sein: *Over The Rainbow*. Das Lied habe ich oft gehört und deshalb habe ich mich entschieden, dass es keinen schöneren Ort als den Regenbogen gibt, wo man sein Lebensende verbringen kann. „High above the chimney tops, that's where you'll find me." Das ist mein Text, mein Lied. Wenn ich dann einmal in meinem Sarg liege, soll ein Regenbogen über ihm aufgehen und dann werde ich von irgendwo über dem Regenbogen dieses Lied singen. Das wünsche ich mir.

*Jonna Marienfeld, 19 Jahre, veröffentlichte bereits einige Kurzgeschichten in Anthologien. In ihrer Freizeit spielt sie Fußball und Klavier, liest und schreibt.*

Geduldig
saß sie da
und hörte einfach zu.
Kam ich spät nach Haus',
fand sie keine Ruh'.
Sie war einfach glücklich,
wenn ich bei ihr war.
Oma trug 'ne Brille,
und hatte graues Haar.


Oft saß sie im Sessel
mit Strickzeug in der Hand.
Bilder von den Enkeln
hingen an der Wand.
Wir haben viel gespielt,
gelacht, gekocht, gebacken.
Sie hatte viel Verständnis
für alle uns're Macken.


„Wenn ich einmal sterbe,
musst du nicht traurig sein.
Ich bin der Stern am Himmel
hoch oben klitzeklein."


Viel zu lange schon
ist sie nicht mehr da
und ich vermisse sie,
als ob es gestern war.

Dann schau ich in den Himmel
und wink ihr heimlich zu.
Schnell knipse ich das Licht aus
und finde endlich Ruh.

*Dörte Müller* wurde 1967 geboren und ist mit Kurzgeschichten und Gedichten in zahlreichen Anthologien vertreten. Sie hat zwei Kinderbücher und ein Jugendbuch veröffentlicht. Zur Zeit lebt sie mit ihrer Familie in den Niederlanden.

# Insel

Noch immer spült die Zeit
Land ins Meer.

Ich baute Mauern
an die Ufer,
so hoch,
dass ich die Wellen nicht mehr sah,
aber das Salz
haftet an den Zinnen,
und die Fischerboote
tragen ihre traumgefüllten Netze
zu ferneren Gestaden.

Dann kam der Sturm
und warf die See in meine Mitte,
dass ich wie benommen von Blau
taumelte,
die aufgepeitschten Stunden
in den Poren.

Meine Sehnsucht: ein Schnabel,
der an meinen letzten Gräsern zieht,
als könnte er daraus ein Nest bauen.

***Sigune Schnabel** wurde 1981 in Filderstadt in der Nähe von Stuttgart geboren. Sie studierte in Düsseldorf Literaturübersetzen und arbeitet heute als Projektmanagerin. Ihre Geschichten und Gedichte veröffentlichte sie in verschiedenen Anthologien und Zeitschriften. 2014 gewann sie den 3. Preis auf dem 5. Brüggener Literaturherbst.*

# Ingrid

Ingrid saß auf ihrem Küchenstuhl. Die zweite Flasche Wein war bereits leer. Mit dem Ellenbogen hatte sie das letzte Glas gerade umgestoßen. Der schwere, rote Wein versickerte in der lachsfarbenen Tischdecke und bildete einen immer größer werdenden Fleck. Aus dem ersten Impuls heraus wollte sie ihn noch mit ihrem tränennassen Taschentuch, was sie zusammengeknüllt in der Hand hielt, abtupfen, dann bemerkte sie selbst die Lächerlichkeit dieser mechanischen Geste. Wen würde das noch interessieren? Es war sowieso alles egal, alles zu spät, sinnlos, vorbei.

Ihre Gedanken waren vernebelt vom Alkohol. Ob sie jemand vermissen würde? Wer würde sie wohl finden? Und wann? Ihr wurde übel bei dem Gedanken, es könnte vielleicht Tage, Wochen dauern. Mit einer ungelenken Bewegung riss sie die verschmutzte Tischdecke herunter. Der Bilderrahmen mit dem Familienfoto stürzte auf die Küchenfliesen und zerbrach. Ingrid hob das Foto hoch und zuckte zusammen, als sie sich an einer Scherbe schnitt. Das Foto zeigte ihre Kinder, Tim und Sina. Sina saß ihrem Vater auf den Schultern und Tim zerrte an ihren Füßen, alle lachten. Wie lange war das her? Es fiel ihr schwer, sich zu konzentrieren. Acht, nein, neun Monate? Ein Schluchzen schüttelte ihren Körper. Sie hatte das alles nicht gewollt, und Peter hatte es ihr nie verziehen, auch wenn seine Vorwürfe nie ausgesprochen wurden, standen sie zwischen ihnen beiden und zerstörten alles. Sie schüttelte heftig den Kopf. „Nein!", rief sie, sie hatte alles zerstört, sie und der verfluchte Alkohol und die vielen unausgesprochenen Dinge, die zwischen ihnen standen.

Sie nahm die andere leere Flasche und warf sie, so fest sie konnte, Richtung Wand. Aber sie hatte keine Kraft mehr, die Flasche landete in der Spüle. Das Abwaschwasser, was noch darin schwamm, spritze an die Fliesen. „Nicht mal das gelingt mir!" Ingrid lallte nur noch. Der Medikamenten-Alkohol-Cocktail begann, zu wirken.

Sie hatte alles gehabt, was man sich nur wünschen konnte. Peter, ihr Ehemann, vergötterte sie am Anfang ihrer Ehe. Sie hatte genug Geld, musste nicht arbeiten, lebte in einem wunderschönen Haus mit eigenem Pool im Garten. Peter war um einiges älter als sie und beruflich sehr erfolgreich. Ingrid hatte mehrere Miss-Wahlen gewonnen, war intelligent und warmherzig, aber sie war sehr oft allein und wurde immer trauriger. Täglich kam die Haushälterin, erledigte die Putzarbeiten, räumte auf und sorgte dafür, dass der Kühlschrank gut gefüllt war. Sie hatte alles, außer Zeit mit ihrem Mann.

Der war ständig unterwegs, manchmal wochenlang. Teure Geschenke brachte er ihr dann mit, aber Zeit, Zeit hatte er keine für sie. Ihre beiden Kinder, die Zwillinge Tim und Sina, waren Wunschkinder und kamen nach einer Risikoschwangerschaft viel zu früh aber gesund zur Welt. Ingrid brauchte lange, um sich von den Strapazen zu erholen. Weitere Kinder wollte sie auf keinen Fall. Wenn Peter daheim war, beschäftigte er sich nur noch mit den Kindern. Er stellte ein Kindermädchen ein, das Ingrid entlasteten sollte. Theresa hieß sie und war höchsten 20.

Ingrids Gesicht verzog sich verbittert, als sie an Theresa dachte. Ihr fielen die Komplimente ein, die Peter ihr früher fast täglich gemacht hatte. Jetzt bekam sie Theresa: „Ach, Du siehst wieder entzückend aus, Theresa, ist der Bikini neu?" Und dann sah Ingrid an sich herunter, 35 kg mehr auf den Rippen, die Haut an Busen und Bauch gezeichnet von der Zwillingsschwangerschaft. Sie konnte sich selbst nicht mehr leiden, ließ ihre schlechte Laune an Peter aus und fing an, ihren Kummer immer mehr mit Alkohol zu betäuben.

Zwischen ihr und Peter herrschte seit der Geburt der Kinder Funkstille. Mehr als „guten Abend" und „guten Morgen" sagte er nicht, ging zur Arbeit, wenn sie noch schlief, und kam oft spät heim. Manchmal hörte Ingrid ihn, wie er mit Theresa scherzte und mit den Kindern spielte. Die Vertrautheit zwischen ihnen, ihr fröhliches Lachen mit Sina und Tim, alles tat ihr fast körperlich weh.

Sie wollte nicht aufgeben, bildete sich ein, ihre Probleme würden mit den überflüssigen Pfunden auch verschwinden. Sie begann mit einer Radikaldiät. Sie ernährte sich nur noch von Salat und Mineralwasser, aß den halben Tag gar nichts, bis sie den Hunger und den Frust nicht mehr ertrug und sich einen Drink zum Abend gönnte, manchmal auch mehrere, um die mitleidigen Blicke von Peter ertragen zu können und die Komplimente, die er Theresa machte. Immer öfter trank sie auch tagsüber, versuchte das nagende Gefühl der Unzufriedenheit und Einsamkeit damit hinunterzuspülen. Die Bar war immer gut gefüllt, niemandem schien ihr steigender Alkoholkonsum aufzufallen.

Es war ein Nachmittag im Juli. Ein Mittwoch, da hatte Theresa immer frei. Ingrid saß auf der Liege im Garten, die Kinder spielten daneben im Sandkasten und bauten Burgen mit Förmchen. Das Telefon klingelte und sie ging mit dem Handy in der Hand in Peters Büro, um Peter eine Nachricht von einem Kunden aufzuschreiben. Fast drei Tage hatte sie nichts mehr Richtiges gegessen, der Magen knurrte, ihre Laune schwankte zwischen Euphorie, dass sie es diesmal schaffen würde, etwas abzunehmen und Niedergeschlagenheit. Es würde ja doch niemanden interessieren.

Dann sah sie den Briefumschlag auf Peters Schreibtisch. Sie kannte den Absender, es war ihr Lieblingsjuwelier. Hoffnung keimte in ihr auf, hatte er etwas für ihren Geburtstag nächste Woche für sie geplant?

Sie war neugierig und öffnete mit zittrigen Fingern das Kuvert. Darin war eine Quittung mit Expertise und Foto von einer teuren Halskette. Die Halskette kannte sie, sie hatte sie schon gesehen, gestern an Theresas Hals. Sie hätte sie zum Geburtstag von ihrem Vater bekommen, hatte Theresa ihr zögerlich erzählt, als Ingrid sie danach gefragt hatte. Theresa wollte noch etwas ergänzen, aber Ingrid wollte es nicht hören, ließ sie mitten im Satz stehen und rannte raus und betrank sich.

Weitere Gesprächsversuche lehnte sie ab. Sie hatte ihr kein Wort geglaubt, und nun hielt sie den Beweis in den Händen. Peter hatte die Kette bezahlt. Für sie war alles klar, zumal Peter schon ein paar Mal versucht hatte, mit ihr zu reden.

Er machte dann immer ein wichtiges, ernstes Gesicht und bat sie, sich zu ihm zu setzen. „Es geht um Theresa ...", fing er an. Aber sie wollte es nicht hören, ließ ihn stehen, rannte weg und trank. Sie redete auch nicht viel mit Theresa, mied sie, wenn es irgendwo ging, konnte den Anblick ihres jungen, straffen und schlanken Körpers nicht ertragen. Die Kette war ein wertvolles Einzelstück, jetzt kannte sie auch den Preis, über 1000 Euro.

Ingrid wollte nicht weinen, sie wollte nicht schreien, sie musste Rücksicht auf die Kinder nehmen und so ging sie schweigend zur Bar, nahm ein Glas, verzichtete auf das Eis und goss sich einen doppelten Whiskey ein. Sie stürzte ihn hinunter wie Wasser, ein zweiter und ein dritter folgte.

Sie sah nach ihren Kindern, die immer noch im Sandkasten spielten, legte sich wieder auf die Liege, das letzte Glas noch in der Hand und schlief ein.

Als sie wieder aufwachte, rüttelte ein Sanitäter an ihr. Sie bekam kaum die Augen auf. Die strenge Diät und der Alkohol hatten sie völlig umgeworfen. Die Sanitäter deckten die leblosen Körper von Tim und Sina mit einem Tuch ab. Beide waren in den Pool gefallen. Sie hatte ihre Schreie nicht gehört. Während ihre Kinder vergeblich um ihr Leben kämpften, hatte sie ihren Rausch ausgeschlafen.

Die Blicke von Peter würde sie nie vergessen. Er war wie versteinert, ertrug mechanisch die Fragen der Polizei, erledigte die Formalitäten für die Beerdigung und kümmerte sich um alles.

Sie war dazu nicht in der Lage gewesen. Sie fühlte gar nichts. Sie konnte nicht weinen, bekam starke Medikamente. Er blickte sie nur traurig an, Theresa war immer an seiner Seite. Warum sie so viel getrunken hatte, wollte er nicht wissen.

Sie hatten sich kurz danach getrennt, schweigend – keine Aussprache. Ingrid bezog eine kleine Wohnung und erhielt großzügigen Unterhalt von Peter unter der Auflage, dass sie einen Alkoholentzug machen würde. Sie musste nicht arbeiten, aber für eine Haushälterin war natürlich kein Geld mehr da. Seitdem hatte sie keinen Tropfen mehr getrunken, bis eben.

Eben – ein Weinkrampf schüttelte sie – sie hatte Theresa das erste Mal seit der Beerdigung wieder gesehen, und weil sie sich gut fühlte, auch zaghaft „Hallo" gesagt.

Theresa war in Eile. „Bevor du es in der Zeitung liest", sie zögerte etwas, schien zu überlegen, ob sie es sagen sollte. Dann fuhr sie fort: „Peter heiratet morgen."

„Herzlichen Glückwunsch", antwortete Ingrid mechanisch.

„Er heiratet meine Mutter, jetzt sind wir endlich eine Familie, Vater, Mutter und Tochter!", fuhr Theresa fort.

Ingrid musste sich am Rahmen der nächsten Tür festhalten. „Du bist Peters Tochter?", flüsterte sie kaum hörbar.

Theresa lachte: „Wie? Du wusstest das nicht?" Bevor Ingrid noch etwas antworten konnte, grüßte sie noch kurz und drehte sich um. „Alles Gute, Ingrid, ich muss los!" Theresa verschwand in einem Blumengeschäft.

Ingrids Kopf weigerte sich, die Tragweite dieser Information zu verarbeiten. Peter hatte seine Tochter als Kindermädchen eingestellt und ihr nichts davon gesagt? War es das, was er immer mit ihr besprechen wollte?

Sie konnte die Tüte mit den Weinflaschen kaum die Treppe hoch tragen. Die Hände zitterten, als sie eine Flasche nach der anderen öffnete und mit dem schweren Rotwein die Tabletten herunter spülte.

*__Gabi Rose__ wurde 1960 in Kassel geboren und wohnt in der Nähe von Fulda. In ihrer Freizeit schreibt sie gern Kurzgeschichten, von denen bereits drei veröffentlich wurden.*

# wenn herzen gefrieren

wenn

herzen

gefrieren

stirbt die

gefühlswelt

alsbald

allein der hass

der kälteliebende

engel des todes

kann seine flügel

entfalten

es hilft kein gejammer

kein flehen der kinder

der hass ist taubstumm

statt herz nur ein stein

gleich einem henker

schwenkt er mechanisch

nach links und nach rechts

sein schwert

**Artur Rosenstern** *wurde in Kasachstan geboren. Er studierte Musik an der Hochschule der Künste in Bischkek. 1990 siedelte er nach Deutschland über und arbeitete zunächst als Musiklehrer und Übersetzer, studierte dann noch einmal Musik und zusätzlich Medienwissenschaft, Geschichte in Paderborn und Detmold. Freiberuflich ist er für einen Münchener Musikverlag im Bereich Musikedition tätig. Er veröffentlichte seine Werke bereits in mehreren Anthologien und nahm erfolgreich an Schreibwettbewerben teil.*

# Der Tod ist nicht das Ende

Alles im Leben hat ein Ende. Auch das Leben selbst. Aber ist der Tod wirklich das Ende? Oder ist er nur das Ende von dem, was wir Leben nennen und als Leben kennen? Ich denke, was nach dem Tod kommt, ist Ansichtssache.

Ich persönlich, man darf es gerne anders sehen, glaube, dass es nach dem Tod irgendwo weitergeht, nur eben nicht auf dieser Welt und nicht so, wie wir das Leben kennen. Nach dem Tod kommt ein anderes Leben, aber kein neues Leben auf uns zu. Man bleibt der gleiche Mensch, lebt nur im Himmel oder vielleicht auch woanders weiter. Nur das Leben auf der Erde ist vorbei, nicht aber das Leben selbst. Das geht weiter. Unser Leben ist unendlich, nur unser Dasein auf der Erde ist begrenzt.

Das, was bei der Beerdigung auf dem Friedhof *vergraben* wird, ist nur der Körper, also das, worin unser Leben auf der Erde stattfindet. Das Leben *wohnt* sozusagen nur im Körper. Der Tod bedeutet nichts anderes, als dass das Leben den Körper verlässt. Er ist aber nicht das Ende des Lebens.

So zumindest stelle ich mir das vor. Dass es viele andere Vorstellungen von vielen anderen Menschen und Religionen gibt, ist mir bewusst, doch ich glaube, da gibt es kein richtig oder falsch. Im Grunde sind es alles nur Vorstellungen. Denn wer weiß schon, was nach dem Tod wirklich passiert? Die Toten, aber die können es uns nicht mehr sagen.

Aber nur, weil jemand stirbt und das Leben den Körper verlässt, heißt das nicht, dass der Verstorbene jetzt weg ist. Er lebt nur nicht mehr auf dieser Welt, aber ich bin mir sicher, dass er uns von da, wo er jetzt ist, wo auch immer das sein mag, sieht und immer unsichtbar bei uns ist.

Solange wir an ihn denken, uns erinnern, ihn nicht vergessen und vielleicht immer noch um ihn trauern, obwohl er schon lange nicht mehr auf dieser Welt ist, solange lebt er in unseren Herzen auf dieser Welt weiter. Und wer weiß, vielleicht treffen wir uns nach dem Tod alle wieder?

Denn wie gesagt, der Tod ist nicht das Ende.

Für jedes Leben, das die Welt verlässt, kommt ein neues Leben auf die Welt.

Es ist noch gar nicht so lange her, da habe ich diese Erfahrung selber gemacht. Plötzlich ist jemand aus der Familie gestorben und die Frage nach dem *Warum* war groß. Es war ja schließlich alles gut gewesen. Wenige Monate später kam meine Nichte auf die Welt. Da habe ich verstanden: Der Tod meines Opas, auch wenn es noch so traurig war, hat Platz gemacht für dieses kleine Wesen, über das sich ja jeder freut.

Leben und Tod, Freude und Schmerz liegen näher beieinander, als man denkt.

Natürlich macht ein neues Leben den Schmerz über den Tod eines geliebten Menschen nicht weg, aber es tröstet, denn es gibt, für mich persönlich zumindest, dem Tod in gewisser Weise einen Sinn und ist eine teilweise Antwort auf die Frage *Warum*.

Denn was wäre, wenn immer nur neues Leben auf die Welt kommen würde, aber niemand die Welt verlässt?

Geboren werden und sterben hängt also irgendwie zusammen. Sie sind Anfang und Ende unseres Daseins auf der Welt. Irgendwann ist jeder von uns auf diese Welt gekommen und irgendwann wird jeder von uns diese Welt verlassen, doch der Kreis des Lebens ist unendlich und der Tod eben doch nicht das Ende.

Sachlich und unpersönlich über den Tod zu schreiben fände ich an dieser Stelle falsch, denn der Tod ist alles, aber sicher nicht sachlich und unpersönlich.

*Jana Voßkuhle, 19 Jahre, wohnt im Sauerland. Ihre Hobbys sind lesen, schreiben, Freundetreffen und Trampolinspringen. Sie veröffentlichte bereits mehrere Texte bei Anthologieausschreibungen.*

# Lala stirbt

In einem Vorort einer etwas größeren Stadt, wohnte Juliane zusammen mit ihrer Tochter Inge.

Juliane war von ihrem Freund verlassen worden, und weil sie sich im Streit getrennt hatten, zog sie weit genug weg, um ihrem Ex-Freund nicht mehr über den Weg zu laufen. Es war zwar nicht einfach mit einer achtjährigen Tochter alleine, aber irgendwie schaffte es Juliane dann doch. Vielleicht auch deshalb, weil Inge so ein, zwar lebhaftes, aber für ihr Alter doch auch sehr reifes Mädchen war.

Inge war immer sehr neugierig. Wenn sie etwas nicht verstand, dann fragte sie. Ab und zu brachte das auch ihre Mutter und andere Erwachsene zur Verzweiflung. Wenn Inge wieder einmal fragte „Warum ist der Himmel blau? Wie kommen Kinder auf die Welt? Wieso nennt man die Farbe Rot rot?" und vieles andere mehr. Ihre Mutter versuchte, immer eine kindgerechte Antwort zu finden, was nicht immer einfach war.

Manchmal, das gab Juliane zu, ging ihr ihre Inge mit ihrer Fragerei doch auch auf die Nerven. Da ihre Tochter aber doch sehr selbstständig war, fragte sie dann nur: „Na, willst du nicht mal wieder auf den Spielplatz?" Welches Mädchen konnte da schon widerstehen? Inge rief dann ihre Freundin Jasmin an, und sie gingen gemeinsam auf den Spielplatz und ihre Mutter hatte ihre Ruhe.

So hatte sie endlich auch einmal ein bisschen Zeit sich um ihren Hund Lala zu kümmern. Lala war schon über zehn Jahre alt, und Juliane rechnete damit, dass Lala bald sterben würde. Ihre Tochter liebte Lala sehr, und sie hatte noch keine Ahnung wie sie es ihrer Tochter beibringen sollte, wenn es eines Tages soweit war.

Da Inge auf dem Spielplatz war, las Juliane ein bisschen in ihren vielen Büchern, die sie die letzten Tage und Wochen bei verschiedenen Gewinnspielen gewonnen hatte. Es waren so viele, dass sie wahrscheinlich Monate, wenn nicht sogar Jahre brauchen würde, um alle zu lesen.

Als Inge vom Spielplatz zurückkam, war das Erste, was sie tat, Lala in den Arm zu nehmen und mit ihr (sie ist ein Weibchen) zu schmusten. Lala gab irgendwelche seltsamen Geräusche von sich und Inge schien zu ahnen, dass es ihr nicht gut ging. Sie kümmerte sich so liebevoll um Lala, als wäre es das letzte Mal, dass sie mit Lala schmusen konnte. Sie konnte es noch nicht ahnen, doch genau so war es auch.

Als sie am nächsten Morgen aufstand, lag Lala auf ihrer kleinen Hundedecke und gab nur noch jaulende Geräusche von sich. Inge war klar, dass das sicherlich nichts Gutes bedeuten konnte, und als die Tierärztin kam und ein sehr trauriges Gesicht machte, da war es Juliane schon klar, dass es nur noch einen Weg gab, um Lala vom Leiden zu erlösen. Sie musste eingeschläfert worden.

Juliane bat Inge aus dem Zimmer, in dem Lala so wimmernd und heulend lag, schloss die Türe und ließ die Tierärztin arbeiten. Als die Tierärztin die Tür öffnete, senkte diese nur den Kopf und Juliane war sofort klar, dass Lala nun im Hundehimmel weilte.

Inge konnte es nicht glauben. Wie sie ihre heiß geliebte Lala so regungslos sah, schrie sie wie am Spieß und schrie dauernd nur: „Warum? Mama, warum?" Doch so einfach war es nicht, darauf eine Antwort zu finden.

Einige Tage später, nachdem Lala auf dem Hundefriedhof begraben war, heulte Inge sich immer noch die Augen aus und wusste überhaupt nicht, wohin mit ihrem Schmerz und ihrer Trauer.

Juliane überlegte sich, einen Spaziergang mit ihrer Tochter zu machen, um sie ein bisschen von ihrer Trauer abzulenken. Inzwischen war es Herbst geworden und überall fielen Blätter von den Bäumen auf die Erde.

Da hatte Juliane eine Idee. Vielleicht konnte sie so ihrer Tochter helfen, ein bisschen besser über den Tod von Lala hinwegzukommen. Juliane erklärte ihrer Tochter, dass die Bäume jedes Jahr ihre Blätter verloren, um im Frühjahr dann wieder mit neuen grünen Blättern den Frühling anzukündigen. Und sie erklärte ihrer Tochter auch, dass das meiste in der Natur ein Kreislauf ist.

So gäbe es ja auch den Kreislauf von Tag und Nacht oder den der Jahreszeiten, von sich immer abwechselnder Ebbe und Flut und vieles andere mehr. Und vielleicht, vielleicht wäre es ja auch so, dass Lala hatte sterben müssen, um wie in einer Art Wiedergeburtskreislauf wieder auf die Erde zu kommen. Vielleicht ja sogar als Schmetterling.

Genau in diesem Moment flog ein wunderschöner Schmetterling direkt zu Inge, setzte sich auf ihre Hand und sie taufte diesen Schmetterling Lala. Und immer, wirklich immer, wenn Inge an diese Stelle kam, setzte sich dieser Schmetterlinge auf die Hand von Inge … Vielleicht war es ja wirklich Lala … Wer weiß das schon?

*Susanne Weinsanto* *wurde 1966 geboren. Seit ihrer Kindheit schreibt sie Geschichten. Sie ist künstlerisch tätig, unter anderem beim freien Radio in Karlsruhe. Seit einigen Jahren nimmt sie an Anthologieausschreibungen teil, wo sie eine Möglichkeit fand, ihre Geschichten zu veröffentlichen.*

# Das Leben

Es zeigt sich in deinem Leben das große Glück,
das kurz nur vor dir steht. Koste, was es dir
wird geben, denn morgen hat es die Zeit verweht.

Sei es die Rose auf deinem Wege, die dich
mit süßem Duft erquickt. Leg sie doch deinem
Schatz in Schoße, bevor ein Fremder sie
gepflückt.

Ewig ist sie nicht, die Jugend, genieße ihn, den
Augenblick. Es blüht nur kurz das Glück der
Tugend, denn die Zeit kehrt nie zurück.

Trink von jenen süßen Wein, dem süßen, den eben man
hat dir gereicht. Du musst bestimmt nicht
dafür büßen, morgen ist es zu spät vielleicht.

Im Kasten ruht schon ein Taler, der schon
viel zu lang dort liegt. Die Lebenslust wird
immer schmaler, wenn der Geiz dich hat besiegt.

Hast du der Blume Duft genossen, der dir das Leben
hast gesüßt und dein Herz auch nicht verschlossen,
weil man dafür noch nie gebüßt. Hast du im Leben
auch mal gelacht, denn der Tod kommt über Nacht.

**Rudolf Heß,** *62 Jahre, ist gelernter Gärtner und derzeit Arbeiter beim Logistikzentrum Schenker in Leipzig. Wenn es seine Zeit erlaubt, schreibt er gern und er ist außerdem Mitglied des Vereins Kultur und Lebenshilfe e.V. Friedersdorf.*

# Warum lebe ich noch?

Ein Reise um die Welt, ein Bungee-Sprung von der 285 Meter hohen Staumauer Grande Dixence, einige Runden in einem wirklich schnellen Auto auf dem Nürburgring? Interessanterweise sind es weder der Kurzzeitkick, das Ausbrechen aus dem Alltag, noch die materiellen Wünsche, die auf Erfüllung warten. Seit mir die Ärzte eröffnet haben, dass die Krebserkrankung unheilbar sei und ich nur noch wenige Monate, maximal zwei bis drei Jahre, zu leben hätte, drehen sich bei mir die Gedanken oft um das *wahre Sein*. Wäre es nicht lohnenswert, in der noch verbleibenden Lebenszeit dem Sinn des Lebens einen Schritt näher zu kommen?

Einfacher gedacht, als getan, bedeutet doch bereits die Auseinandersetzung mit der Erkenntnis, dass mein Leben tatsächlich ein Verfallsdatum haben soll, ein richtig hartes Stück Arbeit.

Zudem sind da auch noch die allgegenwärtigen alten, über fünf Jahrzehnte antrainierten Verhaltensmuster, die immer wieder auf Umsetzung und Erfüllung pochen. Auf der einen Seite sind da der selbst auferlegte Leistungszwang, von einem Termin zum anderen eilen zu müssen, und das angenehme Gefühl, gebraucht zu werden. Auf der anderen neuen Seite stehen das Bedürfnis nach Ruhe, die Qualität des Nichtstuns, der Körper, der immer mehr den Takt vorgibt. Im Laufe der Zeit reift die Erkenntnis, dass es allenfalls nicht lohnenswert ist, die Ressourcenvorgaben des Körpers immer wieder mit Kraftaufwand und Willensstärke zu übertölpeln.

Geht es auch langsamer?

Wider Erwarten werden aus den prognostizierten Lebensmonaten Jahre. Diese bieten tatsächlich Raum für offene Fragen und lassen es zu, in die Antworten hineinzuleben. Eine ganz große Erkenntnis erhalte ich aus der Feststellung, dass auch im mittleren Lebensabschnitt massive Korrekturen des Lebensweges möglich sind. Der Begriff Lebensqualität erhält plötzlich eine neue Bedeutung. Das einfache Sein zu leben, nichts zu erwarten; zuzulassen, ohne selber immer steuern zu müssen; Ideen und Visionen reifen zu lassen: Gerade auf solche Weise werden ungeahnte Kräfte freigesetzt. Es muss nicht immer sofort sein, im Gegenteil. Das Tempo der Entwicklung zu drosseln, die Veränderung zu beobachten und dabei noch sanfte Korrekturen vorzunehmen: Solch ein Vorgehen hat durchaus auch seine Qualität.

Ein ganz besonderer Genuss ist die Feststellung, nicht immer funktionieren zu müssen. Ich darf mir täglich Zeit schenken, die wirklich nur mir selber gehört: Momente der Stille, des Seins der Achtsamkeit. Es ist herrlich, während einer dreißigminütigen Sitzmeditation jeden einzelnen Sonnenstrahl auf der Haut zu spüren, den eigenen Geist zu beobachten, wie er manchmal im Minutentakt versucht, mich in den Alltag zurückzulocken, mir Gedanken sendet und sich redlich bemüht, mich in den Reaktionsmodus zu versetzen.

Ich kehre zu den Sonnenstrahlen zurück, nehme wahr, wie diese die Haut berühren, die Gesichtszüge verfeinern und tief innen auch das Herz erwärmen. Das ist ein in seiner Intensität kaum beschreibbares Gefühl. Den dadurch erhöhten Pulsschlag erkunde ich, ohne diesen verändern zu wollen, und erkenne die wiederkehrenden Gedanken, hege dabei aber keinen Groll. Über die Atmung verankere ich mich wieder im eigenen Ich, erlebe und lebe den Moment mit all seinen Facetten.

In der uns angeborenen Geschwindigkeit zu marschieren, ganz bewusst, ohne ein bestimmtes Ziel, ohne in einem vordefinierten Zeitfenster von A nach B zu gelangen, eröffnet ungeahnte Lebensintensität. Beim Gehen spüre ich die Bodenbeschaffenheit unter den Füßen, hart und glatt den Asphalt, steinig und uneben den Feldweg, weich und federnd die Frühlingswiese. Der reinigende Abendregen prasselt neckisch auf die Kapuze, die Regentropfen versinken sofort nach der Bodenberührung in der Wiese oder springen lustig, quirlig auf dem glatten Steintisch auf. Begleitet vom lauten Kreischen des vorbeidonnernden Schnellzuges, dem fröhlichen Zwitschern der Vögel oder dem fernen Heulen einer Polizeisirene läuft es sich wie von selbst. Nach dem Marsch spüre ich die müden Glieder und gleichzeitig die tiefe Zufriedenheit, mir und meinem Körper etwas Gutes getan zu haben.

Gut passend zu dieser Lebensweise:



*Umlaufbahn*

*Am Morgen in den Himmel schauen,*
*dem Bedürfnis gehorchen,*
*doch weit weg von Zeit, Zweck und Ziel*
*– einfach so.*
*Zwischendurch mal nicht nach dem Sinn streben,*
*sein und nicht vergessen, das Sein zu genießen,*
*lachen und sich freuen, Momente verstreichen*
*– einfach so.*
*Am Abend für das Schöne danken,*
*nichts haben wollen und doch*
*bemerken, was ist: Leben*
*– einfach so.*

## Genuss der Geschwindigkeit

Ab und zu gilt es alte Gewohnheiten zuzulassen. Toleranz und Großzügigkeit mir gegenüber sollen ja auch im achtsameren Lebensrhythmus nicht zu Worthülsen verkommen. Wie herrlich ist es, wenn es nach wie vor gelingt, zwei, drei oder gar vier Projekte gleichzeitig zu bearbeiten! Wunderbar zu spüren, dass das zielstrebige Vorwärtskommen auch unter Druck phasenweise noch prima funktioniert. Ich stelle nach fünf Stunden des Planens, Organisierens, Terminen-Nacheilens und Sitzungen-Leitens zufrieden fest, dass der Batteriestandanzeiger des persönlichen Kräfteaggregates noch nicht in den roten Bereich ausschlägt. Das wohlige Kribbeln im Bauch, wenn etwas genau nach meinen Vorstellungen funktioniert, ist ein nicht zu unterschätzendes Gefühl. Dieses kann nach meiner Erfahrung, richtig dosiert und maßvoll eingesetzt, dem Immunsystem auch positive Signale zur Stärkung senden.

Und da wäre noch der wahrhaftige Genuss der Geschwindigkeit: Im Rückspiegel schließt sich gemächlich das Garagentor, die weichen Armlehnen werden heruntergeklappt, aus dem Radio trällert Truck-Stop, der rechte Fuß beginnt spürbar zu zucken. Kaum beschleunigt das Reisemobil auf dem Einfahrstreifen in die Autobahn, beginnt ein weiteres Kapitel Geschwindigkeit. Es muss nicht immer langsam sein! Bei Tempo 160 fliegt die Umgebung wie Farbstreifen eines Regenbogens an uns vorbei und macht die Gedanken frei. Die Vorfreude auf neue Orte, Städte mit pulsierendem Leben; Kirchen mit harten Holzbänken und lichtdurchfluteten Glasfenstern; auf Museen mit Geschichten aus Jahrtausenden; auf Kanäle, in denen das Wasser ruhig dahingleitet; auf offene Weiten, die zum Staunen einladen. Mit dem unbestimmten Ziel vor Augen werden auf diese Weise feine und doch klar spürbare Schübe der Lebensfreude ausgelöst, die unsere Sinne immer wieder von Neuem entzücken. Von wegen, Geschwindigkeit soll kein Genuss sein!

Dieses Thema kann noch nicht verlassen werden, zu leicht lässt es sich noch toppen: Nach dem Drücken des Starterknopfes löst das feine Kribbeln an den Pobacken, verursacht durch die Vibrationen des aufheulenden Motors, einen Bewegungsdrang erster Güte aus. Kaum das Helmvisier heruntergeklappt, schon lässt sich die Geschwindigkeit des Motorrades mit feinsten Bewegungen des rechten Handgelenks punktgenau dosieren. Fliehkräfte, die am Körper zerren, ausgereizte Kurvenlagen, Geschwindigkeiten an der Toleranzgrenze: Solcherlei Handeln erfordert einen wachen Geist. Doch nicht nur das. Der wache Geist wird offener, verschwommene Bilder klarer: Wie wäre es, den Gasgriff nicht zurückzudrehen, das heranfliegende Hindernis nicht zu umfahren, einfach drauflos, Augen zu und durch? Das Rad der Zeit abrupt gestoppt. Nicht, dass dieser Gedanke beängstigend wäre, im Gegenteil: Er hat durchaus auch etwas Beruhigendes. Zu Ende wäre die Auseinandersetzung mit dem Krebs, es gäbe keine Ängste, keine Schmerzen mehr, dafür aber Freiheit für die Angehörigen, die Ankunft in einer neuen Dimension.

## Widersprüche ziehen sich an

Auf der einen Seite empfinde ich eine große Sehnsucht nach Ruhe; habe Fragen, die auf Antworten warten; verspüre den Drang nach dem einfachen Sein, will die Langsamkeit genießen. Auf der anderen Seite bin ich süchtig nach Erfüllung, nach Selbstbestätigung, will Projekte umsetzen, die auf Umsetzung warten; sehnsüchtig strebe ich nach dem hochtourigen, prickelnden Leben.

Das ist doch schizophren! Das alles kann doch nicht normal sein und schon gar nicht in einem einzigen Menschenleben Platz finden. Oder doch?

Lebe ich vielleicht gerade darum noch? Nicht der Norm zu entsprechen, mir auszubrechen erlauben, um die Unterstützung meiner Lieben wissend, mein Leben auf den meisten Wegstrecken dankbar genießend: Komme ich so der Frage nach dem Sinn des Seins allenfalls näher?

Die intensive Auseinandersetzung mit dem Lebensende und die in kurzen Momenten aufbrechende Sehnsucht, den Weg in die nächste Ebene abzukürzen und den letzten Schritt sofort zu wagen, autorisieren mich zur Aussage: „Das Leben ist auch mit schwerem Gepäck im Rucksack lebenswert." Ich habe noch eine Aufgabe, ich darf diese tiefe Erkenntnis weitergeben. Mir wurde die Kraft geschenkt, solche Zeilen zu schreiben, jeden Morgen mit Dankbarkeit zu begrüßen, *Ja* zu sagen zu meinen aktuellen körperlichen und geistigen Möglichkeiten, in Gesprächen mit Menschen fast jeder Altersklasse Erfahrungen auszutauschen, in Kursen die Wirkung der Achtsamkeit zu vermitteln, am Arbeitsplatz meine Ideen auszuleben, bedeutet mir einen unbeschreiblichen Reichtum. Ich fühle mich reich, ich bin reich.

Ob langsam oder schnell, laut oder leise – die Frage nach dem Sinn des Seins scheint sich zum Teil fast von selbst zu beantworten. Das Rad der Zeit wird sich weiterdrehen, mit mir und auch ohne mich. Aber solange ich hier bin, werde ich die Geschwindigkeit meines Lebensrades mitbestimmen, immer im Bewusstsein, mich auf eine vertraute Führung verlassen zu dürfen.

*Jörg Kyburz*

# Frauen und ihr 60. Geburtstag

Mit 20 sind sie die Knitterfreien,
ab 40 beginnen sie dann zu bereuen
die Sonnenbäder, den Saus und den Braus,

**doch – wie sieht FRAU mit 60 aus?**

Ist ihre Hardware noch okay –
oder tut der Blick in den Spiegel weh?
Rasiert sie heimlich die Oberlippe
und steht sie mit den Kilos auf Kippe?

Kennt sie jede Schönheitsfarm
und ist es ihr ständig viel zu warm?
Ist es ein Kreuz nun mit der Lust
und schiebt sie wegen des Alters Frust?

Kleben auf ihrem prallen Schenkel
ein, drei oder sieben Enkel?
Liebt sie ihr Leben oder die Küche?
Verströmt sie oder benutzt sie Gerüche?

Sammelt Schmuck sie auf die Schnelle
für den bewussten Fall der Fälle?
Gleicht mit Klamotten sie Kummer aus
und klammert an Geld, an Mann und Haus?

Lässt sie jährlich sich entgiften
oder nur die Wangen liften?
Ist sie knatschig und depressiv,
weil ständig hängt der Haussegen schief?

Hat sie Interessen? Ist sie schick
oder vom frustigen Essen zu dick?
Ist das Dekolleté verknittert
Und die Miene darüber verbittert?

Schmeichelt ihr nur noch das Kerzenlicht
und plagt bei Regenwetter die Gicht?
Färbt sie jeden Monat das Haar
oder – oh Gott – betrinkt sie sich gar?


**FRAU Gisela nach ihrer Meinung gefragt:**


Nun, Spuren gibt es allemal –
trotz Frischzellenkur und Biovital.
Doch der Wechsel war schließlich zum Wechseln da
ob Mann, ob Zähne oder Farbe vom Haar!

Da wurde doch wieder ein Grundstein gelegt,
wie FRAU das restliche Leben erträgt:
Die Entwicklungsbremsen sind aus dem Haus,
FRAU grabe vergessene Hobbys aus!

Malen, reisen, auch fremde Sprachen,
da lässt sich manche Entdeckung machen.
Den Körper stets saunamäßig trainieren,
den Geist erweitern und be-meditieren

Ab auf die Farm – wenn vorhanden die Kohlen
zum gründlichen Generalüberholen.
Von hinten Lyzeum, das ist ganz fein
von vorne Museum muss wirklich nicht sein.

Ein bisschen mollig? Sehr vorteilhaft,
weil es die hübschen Rundungen schafft.
Außerdem macht es die Falten glatt
die FRAU an diversen Stellen jetzt hat.

 Aber: Zu viele Kilos sind untragbar
FRAU passt dann nicht mehr in René Lezard.
Tanzen und Joga schenken den Schwung
und halten das ganze Gerippe jung.

FRAU steigt beruflich wieder ein?
oder zieht ein versäumtes Studium rein?
Dann flammt unbändige Lebenslust hoch
auch auf die 80 freut FRAU sich noch.

Vor allem, ihr Frauen, seid guter Dinge
Liebt euch UND eure Jahresringe!
Zur Freude reicht dann schon der Grund:
**Ich bin 60 geworden, na und?**

*Gisela Ilk wohnt in München und fotografiert mehr, als sie schreibt. Aber wenn sie schreibt, dann kleine Geschichten über Menschen im Alltag und ihr Befinden oder ihre Sorgen. Sehr gerne schreibt sie auch Geschichten für Kinder. Zwei ihrer Geschichten wurden bisher in Anthologien veröffentlicht.*

# Der Abschied

Mit meinen 16 Jahren war es beachtlich, wie viel Leid und Schmerz ich schon erfahren hatte.

Alleine in diesem Raum spielte sich ein Großteil dessen ab. Er wirkte so kalt und steril, wie die Person, die seit mehreren Monaten hier lag. Wie viele es genau waren, vermochte ich nicht mehr zu zählen.

Die Augen sprühten damals vor lauter Leben und Tatendrang; ein Blau, welches nur mit dem Nachthimmel in seiner unnachahmlichen Weise beschrieben werden konnte. Doch nach so vielen Monaten unnachgiebiger Strapazen war kaum noch etwas davon zu sehen.

Geliebte Ehefrau, heroisches Vorbild für Verwandte und Bekannte, doch allem voran war sie meine Mutter. Wie viele Stunden ich schon so dasaß, neben ihr und ihre Hand haltend, wusste ich nicht mehr.

Sie wirkte zerbrechlich, kraftlos, das Gesicht blass und feucht. Sie war kaum wiederzuerkennen. Bei diesem Anblick schien es mir beinahe unmöglich, meine Tränen zurückzuhalten. Sie bahnten sich den Weg über meine geröteten Wangen.

Aus den Augenwinkeln vernahm ich eine langsame Bewegung, voll Schmerz und unüberwindbarer Scham. Ich hielt den Atem an, als würde diese Geste ihre Qualen etwas mildern, doch das leise Stöhnen vermittelte mir das Gegenteil.

„Wie schön, dass du da bist."

Immer wieder wurde dieser Satz mit einer Mischung aus Verwunderung und Erleichterung durch die blassen Lippen gepresst. Ich machte meiner Mutter keinen Vorwurf, denn ihr Augenlicht und ihre Wahrnehmung waren nicht mehr dieselben. Ich nickte nur, zu schwach, und meine Kehle war zugeschnürt durch die unterschiedlichen Emotionen. Das Lächeln war ihre einzige Reaktion darauf, eine, die ihr keine Schmerzen bereitete, so viel war mir klar.

Es war entsetzlich, wie gewaltsam und rasant der Krebs ihre Lunge und Lymphknoten befiel. Ihr Körper wurde zusätzlich von der Chemotherapie geschwächt, weshalb sie nachts nur mehr wenige Stunden Schlaf fand. Sie versuchte stets, in einer, ihr gemütlichen, Position zu verharren, doch es fiel ihr nicht leicht, denn ihre Motorik stand auch nicht mehr gänzlich unter ihrer Kontrolle. Mal zuckte ihr Arm, dann holte sie unwillkürlich mit diesem aus, um arglosen Menschen damit einen Klaps zu versetzen – wie mir.

„Es war nicht ihre Schuld", dachte ich eisern, während ich zur Seite blickte.

Unsere Beziehung bestach selten durch tiefschürfende Konversationen oder überschwängliche Liebesbezeugungen. Einzig ihre Augen vermochten mir all die Emotionen zu offenbaren, die sie für mich bewahrt hatte.

Ich lächelte zurück, traurig und gezwungen, wie ich bedrückt feststellte. Ich wollte aus einem anderen Grund mit ihr glücklich sein. Wenn ich meiner Mutter doch nur sagen könnte, dass die Krankheit besiegt werden und alles wieder in Ordnung kommen würde. Und wie sehr sich alle zu Hause für sie und mit ihr freuen würden, wenn sie zurückkommen könnte – meine Verwandten, meine große Schwester und unser Vater.

Wenn man eine Statistik aufstellen würde, wen, abgesehen von meiner Mutter, diese tragische Nachricht des bevorstehenden Todes am schlimmsten getroffen hatte, dann war, ohne Konkurrenz, mein Papa an erster Stelle. Auch wenn er ruhig und reserviert bei seinen Besuchen erschien, beinahe teilnahmslos und gelassen, trug er dennoch seine Trauer wie einen Mantel mit sich und sie drohte ihn zu erdrücken.

Meine Schwester hingegen scheute sich nie, ihre Gefühle offen zu zeigen, obwohl sie des Öfteren bei Mutter die Starke spielte. Die große Schwester, die gefasst und unerschrocken über dem dunklen Schicksal stand. Eines musste man ihr lassen: Sie überzeugte mit ihrer grandiosen Darbietung alle Anwesenden und angesichts dessen konnte ich mir eine eifersüchtige Haltung nicht verkneifen.

Ich war auf egoistische Weise erleichtert, dass meine Mutter meine rot angelaufenen Augen nicht sehen konnte, während ich innerlich meine zurückhaltende Art, die mich an meinen Vater erinnerte, verfluchte.

Ich war ein Meister der Tarnung, meine Emotionen blieben stets verschlossen. Ich war die ruhige, introvertierte, kleine Tochter.

Lasse bloß keinen Menschen an dich heran, vor allem nicht in solchen Situationen. Sie könnten dich verletzen, oder gar schlimmer, dich verlassen und dir das Gefühl geben, einsam auf dieser trostlosen Welt zu sein. Keiner liebt dich und teilt die Sorgen mit dir. Es würde dich zeichnen und für die Zukunft auf schmerzende Weise prägen.

Mutter, warum musste dich diese unheilbare Krankheit ereilen? Du warst ein guter Mensch. Wie unfair das Leben doch sein konnte.

Zum ersten Mal unfähig, meine Gefühle im Zaum zu halten, zitterten meine Schultern, doch es war so kurz, dass es meiner Mama nicht einmal auffiel.

Ihre Augen suchten den Raum ab, erblickten alles, außer die Person im Raum. Auf eine seltsame Art fühlte ich mich gekränkt, doch ich konnte ihr wirklich keinen Vorwurf machen.

Meine Hand ruhte immer noch auf der meiner Mutter.

Der Gedanke, dass sie noch keine Anstalten gemacht hatte, diese Berührung abzuwenden, schenkte mir neue Kraft. Mein Lächeln wirkte nun ehrlicher als zuvor, während mein Blick bestimmter als beabsichtigt den meiner Mutter suchte.

„Ich hab dich lieb, mein Ehemann.“

Die Wand schien ihre neue Liebe geworden zu sein. Vater war nicht da, er musste arbeiten, sich ablenken von dem Leid, das seine junge Familie befallen hatte. Resigniert senkte ich den Kopf. Ihre Stimme war alles, was mir in diesem Moment noch Trost spendete.

Ich betete zum Himmel, dass sie noch etwas länger leben könnte. Immerhin strafte diese starke Frau die Ärzte Lügen, indem sie noch ein Jahr länger durchgehalten hatte, als ihr bescheinigt worden war. Alle sie liebenden Personen sollten noch einmal die Chance haben, sich angemessen von ihr zu verabschieden – so wie ich.

„Ich ... bin so stolz auf dich. Ich liebe ... euch alle.“

Obwohl die Worte eher ihrem zurzeit imaginären Ehemann galten, passten sie dennoch gut zu meinen Fragen, die einen erbitterten Kampf in meinem Kopf auslösten.

Warst du glücklich, Mutter?

Hatte dein Leben einen glücklichen Verlauf?

War ich dir eine gute Tochter?

Der Griff um meine Hand verkrampfte sich schlagartig. Selbst nach einigen Minuten hörte das Zittern nicht auf. Panisch rief ich nach einer Krankenschwester, meine Stirn heiß und plötzlich mit kaltem Schweiß überzogen. Bitte, lass es nicht zu Ende sein!

Ich rang nach Fassung, doch nach wenigen Sekunden, die mir wie eine Ewigkeit erschienen, erkannte ich das Unvermeidliche.

Ohne Schmerzen, Sorgen und Ängste, dafür mit unendlicher Freude in ihrem Herzen und mit einem beinahe bizarren, zufriedenen Lächeln begab sie sich auf eine wundervolle Reise.

Sie würde nun im Himmel mit offenen Armen empfangen werden, denn sie war zu Lebzeiten eine gute und liebevolle Person gewesen, das wussten alle ihr lieb gewonnenen Menschen.

Meine Trauer und die Erleichterung über ihren wohlverdienten Frieden fanden sich zu gleichen Teilen in mir wieder, während ich lautlos Abschied von meiner geliebten Mutter nahm.

***Michaela Secklehner**, 27 Jahre, lebt in Oberösterreich. Wenn sie nicht gerade mit dem Schreiben beschäftigt ist, malt und zeichnet sie Portraits und dergleichen mit Begeisterung. Weiters widmet sie sich in ihrer Freizeit mit viel Enthusiasmus dem Theaterspielen.*

# Das Seminar

Meine sehr verehrten Damen und Herren, liebe Freunde,

„Leben ist wandern auf dem Rad der Zeit. Wer oben bleiben will, muss sich immer vorwärts bewegen, freilich um den Preis der Vergänglichkeit."

Dieser kleine Aphorismus soll als Motto über diesem Seminar stehen, er soll es begleiten, soll Katalysator sein, der unsere Gedanken zum Fließen bringt und sie dennoch konzentriert sein lässt auf unser schwieriges Thema.

„Leben ist wandern auf dem Rad der Zeit." Ein schöner, ein wahrer Gedanke, finden Sie nicht auch? Um aber auf diesem Rad der Zeit wandern zu können, muss es sich drehen und muss dadurch das Nacheinander und Vergehen der Zeit hervorbringen. Am Scheitelpunkt des Rades, im Augenblick der Gegenwart, müht sich der Mensch, lebt er sein Leben und tritt dabei tapfer seine Zukunft in die Vergangenheit. Stoppt dieses Rad, kollabiert auch das Nacheinander, stürzen Vergangenheit und Zukunft in dimensionslose Gegenwart, in ein ewiges Jetzt, in der Zeit keine Rolle mehr spielt. Genau dort bin ich zu Hause. Von dort komme ich und dort verrichte ich auch meine ganz besondere und nie enden wollende Arbeit.

Oh – verzeihen Sie bitte, ich habe mich noch gar nicht vorgestellt. Gestatten: Tod, einfach Tod, nichts weiter, kein Vorname, kein Titel, nichts, nur Tod. Und mehr bedarf es auch gar nicht.

Ich bin ganz sicher, Sie werden mich wiedererkennen, wenn wir uns das nächste Mal treffen. Aber keine Angst, ich bin, bitte verzeihen Sie mir diesen etwas unpassenden Vergleich, kein Unmensch, ich bin, ganz im Gegenteil, schon lebenslang ihr treuester Begleiter. Ich bin der Schatten, der geworfen wird vom Licht des Lebens selbst. Ich bin die Rückseite des Spiegels, die man nicht sieht, die aber den Spiegel ausmacht. Ich bin da, bin immer präsent. Ich bin das Ziel des Lebens – und sein großer Untergang. Ich bin das Tor, durch das Sie gehen müssen. Ich erwarte Sie auf dem Grunde des Bechers, aus dem Sie ihr Leben trinken. Wie Sie sehen, haben wir schon lange eine sehr innige Beziehung, eine Beziehung die es uns erlauben würde, zum vertrauten Du zu wechseln, wenn Sie mögen. Manches lässt sich dadurch leichter sagen und besser verstehen. Ist das in Ordnung? Ja?

Also gut. Manche von euch mögen glauben, dass es leicht für mich wäre, die Einwände der Menschen, die ich holen muss, zu ignorieren. Aber ich bin ja nicht aus Holz! Ich kann sehr gut verstehen, dass es für viele von euch sehr schwer ist, sterben zu müssen. Aber was ist Sterben? Was bedeutet es, tot zu sein? Warum ist das so schwer?

Ich will es euch sagen: Es ist dieses Nichtwissen –, dieses nicht Vertrauen, und nicht Glauben zu können, das den Tod so schwer macht, das diesen Abgrund schafft. Es ist dieses gigantische schwarze Loch, in das ihr meint, fallen zu müssen.

Und so klammert ihr euch ans Leben – und macht mir dadurch das Leben, oder besser gesagt, die Arbeit schwer. Ich muss nachhelfen, ich muss euch ein wenig stoßen, wo ihr doch fliegen könntet auf den Flügeln des Einverstandenseins.

Nun, um wirklich genau zu verstehen, was ich tue, müsstet ihr eigentlich tot sein. Da dies aber für euch als Seminarteilnehmer wenig Sinn machen würde, will ich euch wenigstens ein paar Beispiele geben, die diese Schwierigkeiten verdeutlichen sollen.

*Halt! Nicht jetzt*, schreit da einer, *jetzt noch nicht! Ich bin noch nicht fertig! Ich habe noch so viel vor!* Wie oft höre ich diesen Notschrei. Wer möchte denn nicht dieses und jenes noch erledigen, möchte seine Kinder, seine Enkel wachsen sehen, seinen Partner nicht verlassen, noch eine alte Schuld abtragen? Viele von euch klammern sich an Eigentum und Besitz, an Geld und Macht, um sich irgendwie ein wenig sicherer zu fühlen. Aber Haben alleine nützt nichts, denn Haben und Besitz sind nur Gerümpel und Tand, die im Morast der Materie zurückbleiben müssen.

Die wirklichen Werte sind nicht materiell. Sie aber gilt es zu suchen und zu leben. Reines theoretisches Wissen hilft euch auch nicht weiter, denn Wissen alleine ist Stückwerk, weil es nicht zur Wahrheit führt, sondern immer wieder nur zu neuen Meinungen und nur scheinbar sicheren Gewissheiten. Ihr habt nicht zu wenig

Verstand, um die Welt zu verstehen, ihr könnt nur nicht richtig mit ihm umgehen. In eurem heutigen Verständnis ist er die einzige Instanz, die euch die Welt erklären kann und soll. Und da liegt auch schon der Fehler, denn alleine kann er das gar nicht. Ohne seine Schwestern, ohne Gefühle, ohne Intuition, ja ohne Mystik bleibt er trocken, schwach und unvollkommen. Unfähig die Probleme zu lösen, die er in seiner Bedrängung bereits geschaffen hat. Ihr wisst viel mehr als eure Vorfahren, aber klüger seid ihr nicht geworden.

*Fass mich nicht an,* sagen manche. *Fass mich nicht an, denn ich suche Gott! Verschone mich, bis ich ihn gefunden habe!* Also, mal ehrlich, wollte ich wirklich darauf warten, hätte ich wohl bald keine Arbeit mehr, denn wer Gott auf diese Weise sucht, wird ihn wohl niemals finden. Und – auch wer Gott sucht, kommt an mir nicht vorbei, und wer ihn verleugnet, erst recht nicht. Ich bin das Tor, durch das ihr gehen müsst, schon vergessen?

*Das ist nicht gerecht! Warum gerade ich? Warum nicht der andere? Und warum ausgerechnet jetzt? Hat das nicht noch ein wenig Zeit? Das darfst du nicht tun, du bist ungerecht!* Wieder so einer. Mein lieber Mensch, seit wann geht es beim Sterben um Gerechtigkeit? Glaubst du, es gibt Gerechtigkeit, nur weil es ein Wort dafür gibt? Seid ihr denn gerecht? Ich für meinen Teil, versuche es wenigstens, denn ich behandle alle gleich.

*Verschwinde Scheusal, hebe dich hinweg, hau ab! Weißt du denn nicht wer ich bin? Siehst du nicht meinen Siegelring, meine Orden, meinen unermesslichen Reichtum, meine Macht? Verschwinde, sage ich dir!* Deinen Reichtum sehe ich wohl und deine Orden, die du ja doch nur mit dem Blut und Elend deiner Mitmenschen bezahlt hast.

Und deine Macht? Was ist schon Macht? Auch sie wird zerbrechen, wird verwehen, wie alles andere, das du besitzt. Dann bist du nackt – und ich werde dich fragen: Wo hast du deine Liebe, wo ist denn deine Güte, wo deine Toleranz, deine Treue und Fürsorge und wo ist bitte ist deine Menschlichkeit? Was wirst du mir antworten? Ich hatte keine Zeit dafür? Ich musste Geld verdienen, musste Ränke schmieden, musste lügen, betrügen, gar töten? Deine Sache steht schlecht, mein Lieber. Die Währung, mit der du bezahlen willst, ist nichts wert, dort wo du hingehst. Spielgeld eben. Und jetzt schweig und komm mit! Natürlich gibt es auch Menschen, die nicht mehr wollen, die das Leben satt haben, weil sie alt sind, hinfällig, krank, depressiv, satt vom Leben. Sie kommen gerne mit, helfen manchmal sogar selbst etwas nach, wenn es zu lange dauert. Die Frage ist nur, haben sie ihre Lebensaufgaben bereits gelöst, sind sie in diesem Sinne schon fertig mit ihrem Leben? Ich sage euch: Niemand ist fertig, solange er noch lebt.

Etliche wieder, fordern laut und arrogant: *Du musst mir das ewige Leben schenken!* In ihrer Maßlosigkeit und Angst sehen sie nicht, was sie sich damit antun würden. Unsterblichkeit? Was nützt denn Unsterblichkeit, wenn man noch nicht einmal versteht vernünftig zu leben? Wer nicht bei Zeiten gelernt hat, zu sterben, wird auch nicht anständig leben können. Beides lernt man nicht, indem man ewig lebt.

Einige sind immer auch darunter, die meinen, mich kaufen zu können. *Ich gebe dir alles, was ich habe. Geld, Besitz, alles, wenn du mich laufen lässt, wenn du für immer vergisst, mich zu holen.* Welch großes, welch unüberlegtes Wort. Auf meine Frage, was sie denn mit der geschenkten Zeit anfangen würden, wussten die meisten nichts Vernünftiges zu sagen: *Weitermachen wie bisher?* Falsche Antwort! Wozu denn auch? Wozu ein Leben, das kein Ziel hat, keinen Sinn, das kein Risiko kennt, keine Liebe? Versteht ihr, was ich meine?

Am liebsten sind mir noch jene, die versuchen, mich übers Ohr zu hauen, indem sie mir einen Deal anbieten in der Hoffnung mich übertölpeln zu können. *Komm, lass uns Karten spielen! Na, wie wär's mit einem Schnapserl oder einem Jagertee? Lass uns doch eine Partie Schach spielen. Gewinne ich, so lässt du mich einfach leben und gehst deiner Wege.*

Natürlich durchschaue ich das Spiel. Doch, wie soll ich es sagen, ich spiele halt für mein Leben gern. Und um ein läppisches bisschen Zeit zu spielen, ist ja auch nicht schlimm, denn am Ende werde ich ja doch gewinnen. Es ist halt die Langeweile, die mich zuweilen quält und zum Spiel treibt. Versetzt euch einmal in meine Lage: Millionen Jahre einsame, öde Fließbandarbeit und keine vernünftige Unterhaltung. Wer kann das aushalten?

Und da sind da noch jene, die niemand gefragt hat, die einfach geworfen wurden, geschlagen vom Zufall, von Unglück, von Naturkatastrophen und Seuchen. Und da sind jene, die euren zahlreichen selbstgemachten Katastrophen zum Opfer gefallen sind.

Eurem Hass, eurem Neid, eurer Missgunst, eurer Gier, dem haben wollen, eurem Machtstreben, dem Fanatismus, eurer Sucht nach Geld, Ruhm und Ehre – und – ich muss es leider sagen, eurer zuweilen übergroßen Dummheit. Eure schlechten Eigenschaften sind es, die Kriege hervorbringen, die Hunger, Verfolgung, Flüchtlingselend, Umweltkatastrophen, Armut und Not erschaffen. Es ist euer hausgemachtes Elend, das euch heimsucht! Wollt ihr das wirklich so weiter treiben?

Ihr macht euch große Sorgen um euer ach so wertvolles Leben. Doch, wem gehört dieses Leben, wem gehört dieses wertvolle Geschenk, aus dem man so viel machen könnte? Gehört es wirklich noch euch selbst, oder habt ihr es längst verkauft an Oberflächlichkeiten, an Banalitäten und falsche Propheten? Habt ihr es verpfändet an eine Karriere um jeden Preis, an den Wachstumswahn der Wirtschaft, verschachert an irgendwelche Ideologien und Dogmen und verschleudert an eure nie versiegende Gier nach Geld, Einfluss und Macht?

Denkt endlich um! Fordert es zurück, denn es gehört euch, es ist eure Aufgabe, die ihr zu erfüllen habt. Fragt euch eindringlich: *Wer bin ich, was will ich auf dieser Erde, wer will ich sein vor mir selbst, vor Gott, vor meinen Mitmenschen* und *Warum lebe ich überhaupt so, wie ich lebe? Macht das Sinn?*

Sucht nach Antworten, sucht. Ich helfe euch dabei, indem ich euer Leben wertvoll mache, indem ich es beschränke auf wenige Jahre. Denn ich bin das Riff, an dem sich die Welle eures Lebens bricht. Ich bin die Grenze, die verhindert, dass es zu weit hinaus führt.

Es kommt nicht auf die Länge eures Lebens an, sondern darauf, womit ihr es füllt. Auch das kurze Leben bietet Aufgaben genug. Ihr müsst sie nur sehen, ihr müsst etwas tun: Lernt zu leben und zu lieben, seid fröhlich, liebt und fördert eure Mitmenschen, vor allem aber eure Kinder, macht sie glücklich und erhaltet euch eure Erde. Seid aufrichtig und ehrlich, tut niemandem etwas zu Leide und lernt, was und wie viel ihr nur könnt, dann werdet ihr ein gutes Leben haben, das genügt. Dazu braucht es keine Unsterblichkeit. Ihr müsst lernen, dass das Leben ein Geschenk ist, dass es eine Gnade ist, zu leben – und dass es eine Gnade ist, sterben zu dürfen, wenn es genug ist.

Vor gut 100 Jahren habt ihr die Quantenphysik entdeckt. Wenn ihr erst einmal begriffen habt, was sie wirklich bedeutet, werdet ihr bemerken, dass es mich eigentlich gar nicht gibt. Dass ich nur das Bildnis bin, das ihr euch von mir gemacht habt. Eine Metapher für einen Vorgang, den ihr nicht versteht.

So bin ich zu dem geworden, den hier jeder kennt: Ein alter Knochenmann mit Stundenglas und Sense, ein Avatar, ein Prinzip, das nur Wirklichkeit geworden ist, weil ihr an seine Existenz glaubt. Ich bin nur eine Vorstellung, eine Leinwand, auf die ihr eure Ängste projiziert. Wenn ihr das erst einmal begriffen habt, werdet ihr mich nicht mehr brauchen. Ich werde aus eurem Leben verschwinden, wie ein Wind verschwindet, der nicht mehr weht. Aber noch bin ich da, noch habt ihr Nichts verstanden.

An diesen Zusammenhängen könnt ihr ganz deutlich sehen, dass auch ich ein Abhängiger bin, ein ewig ungebetener Gast, ein Gefangener seiner Pflicht. Ein bedauernswerter Sisyphos, der immer wieder seinen Stein den Berg des Lebens hinauf rollt – und doch immer wieder scheitern muss, weil ihm seine *Arbeit* viel zu schnell nachwächst.

Hier schließt sich der Kreis. Hier zeigt sich, dass wir alle irgendwie, nicht nur voneinander, sondern gemeinsam von etwas Größerem abhängig sind, das wir am Ende nicht verstehen. Ich denke, wir sollten deshalb zusammenarbeiten, wir sollten sogar Freunde werden. Freunde, die sich gegenseitig unterstützen, indem sie sich das Leben und den Tod leichter machen.

Wie wäre es: Ihr helft mir bei der *Arbeit* und ich euch beim Sterben? Ihr wendet das hier im Seminar Gelernte fleißig an, ändert eure Einstellung zum Sterben und ich nehme euch die Angst vor dem Abgrund, indem wir am Ende gemeinsam springen. So wäre doch uns allen geholfen. Abgemacht? Ja?

So hat sich unser Seminar, *Sterben leicht gemacht*, doch für uns alle gelohnt. Ich hoffe sehr, ihr könnt reichlich davon profitieren. Solltet ihr das eine oder andere noch nicht ganz verstanden haben, so ist das auch nicht weiter schlimm, denn, um es frei nach Goethe zu sagen *Alt ist der Tod, werdet alt, ihn zu verstehen*. Noch bleibt euch ein wenig Zeit. Das ist mein Geschenk an euch.

Lebt also nicht nur wohl, sondern auch ein wenig nach meinen Vorschlägen. Beherzigt meine Ratschläge, Gedanken und Einsichten, damit sich euer Leben erfüllen kann und ihr es mir am Ende gerne, ohne Reue und ohne zu Zögern überlasst. Wie gerne würde ich euch zum Abschied freundschaftlich zuzwinkern, doch womit? Es ist halt niemand perfekt, auch nicht der Tod. Und so muss uns ein fröhliches *Auf Wiedersehn* genügen.

***Helmut Lohmüller** wurde 1947 in Roßtal in der Nähe von Nürnberg geboren. Mit dem Schreiben begann er bereits Ende der siebziger Jahre mit dem gelegentlichen Schreiben von Gedichten. Auch heute sind es eher kurze Stücke, die er schreibt, Aphorismen, Gedichte, Essays oder kurze Geschichten, die ihm helfen sollen, über sich selbst und über Gott und die Welt nachzudenken. Er ist Autor des „Roschtler Schreibkreises", der „Literarische Päckchen" veröffentlichte. Neben dem Beruf hat er sich bevorzugt mit Themen aus der Philosophie, Psychologie, Soziologie, Kosmologie, Literatur und natürlich mit dem Schreiben beschäftigt. „Zu erkennen, was die Welt im Innersten zusammenhält" und darüber zu schreiben, war und ist sein erklärtes Ziel. Auch wenn er weiß, dass es für immer unerreichbar bleiben muss, ist es für ihn dennoch ungeheuer schön und spannend, diesen Weg zu gehen.*

# Draussen ist mehr Platz als drinnen



– Wenn die Hoffnung schleichend stirbt –

Wie jeden Abend der vergangenen Wochen, sitzt sie auf dem Holzstuhl und obwohl es nicht viel zu sehen gibt, schweift ihr Blick wie in Zeitlupe immer wieder durch die fünfundzwanzig Quadratmeter. Zwei Betten, vereinzelte Fotos und von Kinderhand gemalte Bilder, wenige persönliche Gegenstände, dafür aber viele Schläuche die zu diversen Geräten führen, ein gerahmter Kunstdruck und ein Kalender, der ihrer Meinung nach erbarmungslos aufzeigt, dass die Tage nur noch schleppend vorangehen, während der Zeiger der Wanduhr nervös tickt. Wie hypnotisiert bleiben ihre Augen immer dann daran hängen, wenn ihr die Worte ausgehen, sie die Stirn in Falten legt und angestrengt nachdenkt, was sie noch erzählen könnte. Es kann ja nicht viel Neues geben, die meiste Zeit verbringt sie hier, die Hand ihres Mannes geduldig umschlossen.

Wenngleich ihr niemand sagen kann, ob er sie überhaupt versteht, achtet sie darauf, sich in ihren Erzählungen nicht zu wiederholen. Sie möchte ihn schließlich nicht langweilen, wo doch eh kaum etwas in diesem Raum passiert, erzählt sie dem Pfleger, der nach kurzem Klopfgeräusch das Zimmer betritt. Sie hat ihn unter den ständig wechselnden Gesichtern schon mehrmals gesehen.

Die gemeinsamen Gespräche am Esszimmertisch waren ihnen beiden in den vielen Jahren heilig. Kommunikation in einer Beziehung muss man pflegen, gibt sie ihm als Rat mit auf den Weg, während er höflich nickt und die vielen Kissen aus dem Bett nimmt. Er zieht den Saum der Windel ihres Mannes, der sich wie eine leblose Puppe drehen lässt, beiseite und sieht nach, ob sie gewechselt werden muss.

Angespannt steht sie daneben, den Blick starr auf den Kunstdruck gerichtet, als traue sie sich, aus Angst etwas falsch oder kaputt zu machen, nicht zu helfen.

Die abgebildete Blumenwiese erinnere sie jeden Tag an den vergangenen Sommer, setzt sie an, während sie in ihrer Hosentasche nestelt. Der Pfleger geht nun lächelnd auf den Smalltalk ein und schwärmt vom angenehmen Wetter des Sommers, der nun leider schon vorbei sei. Ihre Mundwinkel hängen unverändert so tief, wie es ihre nahezu faltenfreie Haut zulässt.

Es sei in der Tat ein schöner Sommertag gewesen, als sie spazieren waren und er ohne Vorwarnung einfach umfiel, fährt sie fort. Nachdem sie den Notarzt gerufen hatte, musste sie ihrem Ehemann auf dem Feldweg zwei Rippen brechen und ihn über den Mund beatmen. Gefühlte Ewigkeiten später wurde sie endlich abgelöst und noch viel später bekam sie gesagt, dass er operiert werden muss. Er habe eingeklemmt. Darunter verstand sie bislang so etwas, wie den Finger in der Tür einzuklemmen, hat aber rein gar nichts damit zu tun. Nach der Hirnblutung schwoll das Gehirn an, weswegen sie den Schädel öffneten und ein Stück Knochen entnahmen. Draußen sei mehr Platz als drinnen, haben sie ihr erklärt.

Der Pfleger reagiert auf die Schilderungen mit verständnisvoller Miene und der Frage, ob sie beim Frischmachen dabei sein, oder lieber vor der Tür warten möchte. Mit einem sanften Streicheln über den schlaffen Arm ihres Mannes, verabschiedet sie sich flüchtig, strafft ihre Schulter und macht sich bereit für die Welt außerhalb der Klinik.

Von Freunden, deren Besuche inzwischen seltener werden, bekommt sie oft gesagt, sie sehe schlecht aus und habe abgenommen. Dabei war sie schon immer schlank. Die dunklen Augenringe sind Zeugen ihrer Erschöpfung, über deren Grenze sie momentan absichtlich tritt, um erst dann in einen tiefen Schlaf zu fallen, wenn sie keine Kraft mehr für Gedankengänge übrig hat. Sie kommt nicht zur Ruhe und muss sich nach der Arbeit um die Kinder kümmern, stellvertretend die Rolle des Vaters mitübernehmen und dutzende Formulare ausfüllen. Dazu kommen die siebzig Kilometer, die sie täglich fährt, um bei ihrem Mann zu sein. Die Ärzte geben ihr nur wenig Auskunft, sie fühlt sich kaum einbezogen – aber was sollen sie auch sagen?

Die Physiotherapeutin stellt heute keine Zwischenfragen, lässt die Angehörige erzählen, während sie die Gelenke des Patienten durchbewegt, um Kontraktionen vorzubeugen. Auf das flehende Bitten reagiert sie gelassen. Sie kann und will keine Prognose abgeben, wann der Patient wieder gesund und arbeitsfähig sein wird; möchte ihr die Hoffnung nicht rauben, jedoch auch nicht, dass sie sich an fragilen Grashalmen festhält. Stattdessen macht sie ihr das Angebot, jederzeit bei der Therapie dabei sein zu können, es sei auch schon ein großer Fortschritt, dass die Vitalwerte bei der Bewegung im Bett mittlerweile stabil bleiben, teilt sie ihr trostspendend mit und zeigt ihr ein paar Übungen, die ihm gut tun und sie mit ihm machen kann.

Während sie ihm aus einem Buch vorliest, liegt er röchelnd im Bett, nur mit einem dünnen Laken bedeckt. Er schwitzt stark. Das Atmen durch die Trachealkanüle strengt ihn sichtlich an, aber wenigstens benötigt er keine Beatmungsmaschine mehr. Wenn es beim Atmen blubbert oder er stark hustet, darf sie die Klingel drücken, dann kommt jemand zum Absaugen. Manchmal dauert das so lange, dass sie die Wartezeit damit verbringt, die verschiedenfarbigen Linienbewegungen auf dem Überwachungsmonitor auswendig zu lernen. Sobald die Ernährungspumpe piepst, anstatt gleichmäßig zu surren, schreckt sie auf, obwohl sie längst wissen müsste, dass nur der Beutel mit der cremefarbenen Flüssigkeit leer ist. Meist piepst es auch kurz darauf am Nachbarbett.

Sie hat einige Patienten in diesem Zimmer kommen und gehen sehen, so lange liegt ihr Mann schon hier. Die meisten waren weniger stark betroffen und haben ein erweitertes Therapieprogramm bekommen, weswegen sie erfolglose Diskussionen mit Ärzten und Therapeuten geführt hat, die allesamt der Meinung waren, ihr Mann würde momentan nicht davon profitieren, er sei nicht stabil, belastbar und aktiv genug.

Besuch hatten die anderen Patienten jedoch kaum. Zumindest nicht zu den Zeiten, zu denen sie täglich hier war. Wenn doch, stürzte sie sich direkt in Unterhaltungen über die gemeinsame Vergangenheit, erzählte von ihren Kindern und den Bildern, die sie bei ihren Großeltern malen, solange diese sich um sie kümmern. Sie hat großen Redebedarf.

Es ist zusätzlich belastend, dass die beiden sich vor ihrem Vater fürchten und deshalb nicht mitkommen. Mit dieser Wahrheit hat sie schon oft schockiert, jedoch lässt der Vergleich mit den Fotos aus glücklichen Zeiten deutlich erkennen, dass er sich äußerlich so stark verändert hat, dass es kein Wunder ist, wenn ihn die Kinder nicht mehr als Papa erkennen.

Es klopft. Der Hauspsychologe stellt sich vor und bietet ihr Gespräche an. In solch schwierigen Zeiten sei draußen mehr Platz für Gefühle und Gedanken als drinnen. Sie lehnt dankend ab, sagt sie komme klar. Überzeugungsversuche erfolglos.

Er liegt nach wie vor regungslos im Bett und sieht durch seine Frau hindurch, als wäre sie gar nicht da. Und dennoch versucht sie unermüdlich, Kontakt zu ihm aufzubauen, interpretiert das kleinste Muskelzucken und jegliche mimische Veränderung als Reaktion und Interaktion. Sie vermisst die Nähe zu dem Mann, den sie einst aus Liebe geheiratet hat. Nun ist sie sich nicht einmal sicher, ob er noch weiß, dass sie verheiratet sind. Sie küsst ihn nicht, berührt ihn immer nur an den Außenseiten des Körpers, wischt ihm gelegentlich den Speichel von der Wange und sieht ihn mit wässrigen Augen an. Früher hat er ihr Stärke und Halt gegeben, heute versucht sie, sich dafür zu revanchieren, ohne zu wissen, ob er das will.

Sie haben nie darüber gesprochen, was in einer solchen Situation das Beste ist. Zu weit entfernt waren Krankheit und derartige Schicksalsschläge, um über Patientenverfügungen oder Organspende nachzudenken. Auch ein Testament existiert nicht, und um Versicherungen hatte er sich bisher gekümmert, da hat sie keinen Überblick und sollte das nun endlich in Angriff nehmen. Vielleicht würde man ihnen einen Teil der Umbaumaßnahmen bezahlen, sollte sie ihn mit nach Hause nehmen. Aufgrund der Kanüle stehe ihm eine 24h-Pflegekraft zu, wurde ihr bei der Beratung gesagt. In einem Pflegeheim wollte er sicher nie landen, er ist ja auch noch viel zu jung. Das Haus ist noch nicht abbezahlt und sein Arbeitsplatz gefährdet. Vielleicht kann er nie wieder arbeiten. Sie hasst sich für diesen Gedanken, aber vielleicht wäre es besser gewesen, er wäre auf dem Feld gestorben und somit erlöst. Sie hält seine Hand und weint. Mehr als das bleibt ihr momentan nicht.


*Angelika Weis wurde 1984 geboren und kommt ursprünglich aus dem sozialtherapeutischen Bereich und studiert nun Erziehungswissenschaften und Soziologie. Die Wahlhamburgerin schickt ihre liebenswerten bis verstörenden Protagonisten erst seit Kurzem in die Welt hinaus, wurde aber direkt in verschiedenen Anthologien abgedruckt.*

# Inhaltsverzeichnis